Translated Language Learning

Alices Abenteuer im Wunderland

एलिस एडवेंचर्स इन वंडरलैंड

Lewis Carroll

लुईस कैरोल

Deutsch / हिंदी

Published by Tranzlaty
ISBN: 978-1-83566-794-1
Original text: Alice's Adventures in Wonderland
by Lewis Carroll (1865)
Abridged by Sam'l Gabriel Sons (1916)
www.tranzlaty.com

Runter in den Kaninchenbau
खरगोश छेद नीचे

Alice fing an, sehr müde zu werden

ऐलिस बहुत थकने लगी थी

Sie saß neben ihrer Schwester auf der Grasbank

वह घास के किनारे अपनी बहन के पास बैठी थी

aber sie hatte nichts zu tun

लेकिन उसके पास करने के लिए कुछ नहीं था

Ihre Schwester las ein Buch

उसकी बहन एक किताब पढ़ रही थी

Ein- oder zweimal schaute Alice in das Buch

एक या दो बार एलिस ने किताब में झांका

aber das Buch enthielt keine Bilder oder Gespräche

लेकिन किताब में कोई चित्र या बातचीत नहीं थी

"Was nützt ein Buch ohne Bilder?", dachte Alice

"चित्रों के बिना एक किताब का क्या उपयोग है?" एलिस ने सोचा

"Warum sollte ein Buch keine Gespräche führen?"

"एक किताब में कोई बातचीत क्यों नहीं होगी?"

Aber sie hatte noch andere Dinge zu bedenken

लेकिन उसके पास विचार करने के लिए अन्य चीजें थीं

"Es wäre ein Vergnügen, eine Kette aus Gänseblümchen zu machen"

"डेज़ी की एक श्रृंखला बनाना एक खुशी होगी"

"Aber lohnt es sich, aufzustehen und die Gänseblümchen zu pflücken??"

"लेकिन क्या यह उठने और डेज़ी लेने के प्रयास के लायक है ??"

Das war nicht so leicht zu denken

यह सोचना इतना आसान नहीं था

weil sie sich an diesem Tag schläfrig und dumm fühlte

क्योंकि दिन उसे नींद और बेवकूफ महसूस कर रहा था

aber plötzlich wurden ihre Gedanken unterbrochen

लेकिन अचानक उसके विचारों को बाधित किया गया

ein weißes Kaninchen mit rosa Augen lief nah an ihr vorbei

गुलाबी आँखों वाला एक सफेद खरगोश उसके पास से भागा

Es war nichts übermäßig Bemerkenswertes an dem Kaninchen

खरगोश के बारे में कुछ भी उल्लेखनीय नहीं था

und Alice fand das Kaninchen auch nicht bemerkenswert

और ऐलिस ने खरगोश को भी उल्लेखनीय नहीं माना

auch überraschte es sie nicht, als das Kaninchen sprach

न ही खरगोश के बोलने पर उसे आश्चर्य हुआ

»O je! Ich werde zu spät kommen!« sagte er zu sich selbst

"ओह डियर! मुझे बहुत देर हो जाएगी!" उसने खुद से कहा

aber dann tat das Kaninchen etwas, was Kaninchen nicht tun

लेकिन फिर खरगोश ने कुछ ऐसा किया जो खरगोशों ने नहीं किया

das Kaninchen zog eine Uhr aus der Westentasche

खरगोश ने अपनी वास्कट की जेब से घड़ी निकाली

Er schaute auf die Uhr und eilte dann weiter

उसने समय देखा और फिर जल्दी से आगे बढ़ गया

Alice erhob sich erstaunt

ऐलिस विस्मय में अपने पैरों पर खड़ी हो गई

Sie hatte noch nie zuvor ein Kaninchen mit Weste gesehen!

उसने पहले कभी वास्कट वाला खरगोश नहीं देखा था!

noch hatte sie je ein Kaninchen mit einer Uhr gesehen!

न ही उसने कभी घड़ी के साथ खरगोश देखा था!

Alice brannte vor neuer Neugierde

एलिस एक नई जिज्ञासा के साथ जल रही थी

und sie rannte über das Feld hinter dem Kaninchen her

और वह खरगोश के पीछे मैदान में भाग गई

Sie kam gerade noch rechtzeitig, um das Kaninchen verschwinden zu sehen

वह खरगोश को गायब होते देखने के लिए समय पर थी

Das Kaninchen hüpfte in einen großen Kaninchenbau hinab

खरगोश एक बड़े खरगोश-छेद में कूद गया

Im nächsten Augenblick stürzte Alice hinter dem Kaninchen her!

एक और पल में, खरगोश के बाद ऐलिस नीचे चला गया!

Der Kaninchenbau ging geradeaus wie ein Tunnel

खरगोश-छेद एक सुरंग की तरह सीधे चला गया

und der Tunnel ging noch eine Weile weiter

और सुरंग कुछ दूर तक जाती रही

und dann senkte sich der Weg plötzlich hinunter

और फिर रास्ता अचानक नीचे गिर गया

Alice hatte keinen Augenblick, daran zu denken, ob sie sich zurückhalten sollte

एलिस के पास खुद को रोकने के बारे में सोचने के लिए एक पल भी नहीं था

Sie fiel hin und hinunter und hinunter

उसने खुद को नीचे और नीचे और नीचे गिरते हुए पाया

Es schien, als sei sie in einen sehr tiefen Brunnen gefallen

ऐसा लग रहा था जैसे वह बहुत गहरे कुएं में गिर गई हो

Entweder war der Brunnen sehr tief, oder sie fiel sehr langsam

या तो कुआं बहुत गहरा था, या वह बहुत धीरे-धीरे गिर रही थी

denn sie hatte viel Zeit zum Fallen

क्योंकि उसके पास गिरने के लिए बहुत समय था

Als sie fiel, konnte sie sich umsehen

जैसे ही वह गिर रही थी, वह अपने चारों ओर देख सकती थी

Zuerst versuchte sie herauszufinden, wohin sie ging

सबसे पहले, उसने यह पता लगाने की कोशिश की कि वह कहाँ जा रही थी

aber der Brunnen war zu dunkel, um etwas zu sehen

लेकिन कुएं में इतना अंधेरा था कि कुछ भी देखने को नहीं

मिल रहा था
Dann blickte sie auf die Seiten des Brunnens
फिर उसने कुएं के किनारों को देखा
Und sie bemerkte, dass überall um sie herum Schränke standen
और उसने देखा कि उसके चारों ओर अलमारी थी
und rings um den Brunnen waren Bücherregale
और कुएं के चारों ओर किताबों-अलमारियां थीं
Hier und da sah sie Karten und Bilder, die an Pflöcken hingen
इधर-उधर उसने खूंटे पर टंगे नक्शे और तस्वीरें देखीं
Im Vorbeigehen nahm sie ein Glas aus einem der Regale
उसने पास होते ही एक अलमारियों से एक जार नीचे निकाला
Das Glas wurde für seinen Inhalt gekennzeichnet
जार को इसकी सामग्री के लिए लेबल किया गया था
"MARMELADE AUS ORANGEN"
"संतरे से बना मुरब्बा"
Aber zu ihrer großen Enttäuschung war das Marmeladenglas leer
लेकिन, उसकी बड़ी निराशा के लिए, मुरब्बा जार खाली था
Sie wollte das leere Marmeladenglas nicht fallen lassen
वह खाली मुरब्बा जार को गिराना नहीं चाहती थी
und ihr Fall war sehr langsam
और उसका गिरना बहुत धीमा था
So schaffte sie es, das Marmeladenglas in einen der Schränke zu stellen
इसलिए वह मुरब्बा जार को अलमारी में से एक में रखने में कामयाब रही
Nieder, hinunter, hinunter fiel sie!
नीचे, नीचे, नीचे वह गिरती है!
Würde der Fall jemals ein Ende haben?

क्या पतन कभी खत्म होगा?

Es gab nichts anderes zu tun

करने के लिए और कुछ नहीं था

so fing Alice bald an, mit sich selbst zu reden

इसलिए एलिस ने जल्द ही खुद से बात करना शुरू कर दिया

»Dinah wird mich heute abend sehr vermissen, sollte ich meinen!«

"दीना आज रात मुझे बहुत याद करेगी, मुझे सोचना चाहिए!"

Dinah war Alices Katze

दीना ऐलिस की बिल्ली थी

»Ich hoffe, sie werden sich an ihre Untertasse mit Milch zur Teezeit erinnern.«

"मुझे आशा है कि वे चाय के समय दूध की तश्तरी को याद करेंगे"

»Dinah, meine Liebe, ich wünschte, du wärst hier unten bei mir!«

"दीना, मेरी जान, काश तुम यहाँ मेरे साथ होते!"

Alice fühlte, als würde sie einschlafen

एलिस को लगा कि वह ऊँघ रही है

Und dann plötzlich, dumpf! Bums!

और फिर अचानक, थंप! धमाका!

Sie fiel auf einen Haufen Stöcke

नीचे वह लाठी के ढेर पर गिर पड़ी

und sie landete auf einem Haufen trockener Blätter

और वह सूखे पत्तों के ढेर पर उतर गई

Und endlich war der lange Sturz in das Loch vorbei

और अंत में छेद के नीचे लंबा पतन खत्म हो गया था

Alice war kein bisschen verletzt

ऐलिस को थोड़ी चोट नहीं लगी थी

und sie sprang in einem Augenblick auf

और वह एक पल के भीतर कूद गया

Sie blickte auf, aber es war alles dunkel über ihr

उसने ऊपर देखा, लेकिन यह सब अंधेरा था

Vor ihr lag ein weiterer langer Korridor

उसके सामने एक और लंबा गलियारा था

und das weiße Kaninchen war noch in Sicht

और सफेद खरगोश अभी भी दृष्टि में था

Er eilte den Korridor hinunter

वह गलियारे से नीचे तेजी से उतर रहा था

Es war kein Augenblick zu verlieren

खोने के लिए एक पल भी नहीं था

davonlief Alice wie der Wind

बंद हवा की तरह एलिस भाग गया

um die Ecke drehte sich das Kaninchen

कोने के चारों ओर खरगोश बदल गया

Sie kam gerade noch rechtzeitig, um das Kaninchen zu hören

वह खरगोश को सुनने के लिए समय में था

"Oh, meine Ohren und Schnurrhaare"

""ओह, मेरे कान और मूंछें"

"Wie spät es wird!"

"कितनी देर हो रही है!"

Sie war dicht hinter dem Kaninchen

वह खरगोश के पीछे थी

Sie bog um eine weitere Ecke

वह दूसरे कोने में घूम गई

aber das Kaninchen war nicht mehr zu sehen

लेकिन खरगोश अब दिखाई नहीं दे रहा था

Sie befand sich in einer langen, niedrigen Halle

उसने खुद को एक लंबे, कम हॉल में पाया

Der Saal wurde von einer Reihe von Deckenlampen erleuchtet

हॉल छत लैंप की एक पंक्ति से जलाया गया था

Überall im Saal gab es Türen

हॉल के चारों ओर दरवाजे थे

aber alle Türen waren verschlossen

लेकिन सभी दरवाजे बंद थे

Sie ging den ganzen Weg an der einen Seite des Flurs hinunter

वह हॉल के एक तरफ नीचे तक चली गई

Und sie war den ganzen Weg auf der anderen Seite des Flurs hinaufgegegangen

और वह हॉल के दूसरी तरफ तक चली गई थी

Sie hatte jede Tür ausprobiert

उसने हर दरवाजे की कोशिश की थी

Und sie ging traurig in der Mitte des Saales entlang

और वह उदास होकर हॉल के बीच में चली गई

"Wie komme ich da mal wieder raus?"

"मैं फिर कभी कैसे बाहर निकलूंगा?

Plötzlich stieß sie auf einen kleinen Tisch

अचानक वह एक छोटी सी मेज पर आया

Der Tisch wurde komplett aus massivem Glas gefertigt

मेज पूरी तरह से ठोस कांच से बना था

Auf dem Tisch lag nichts als ein winziger goldener Schlüssel

मेज पर एक छोटी सुनहरी चाबी के अलावा कुछ भी नहीं था

Der Schlüssel könnte zu einer der Türen gehören!

चाबी दरवाजे में से एक से संबंधित हो सकती है!

Aber ach! Einige der Schlösser waren zu groß für die Schlüssel

लेकिन, अफसोस! कुछ ताले चाबियों के लिए बहुत बड़े थे

und für die anderen Schlösser war der Schlüssel zu klein

और अन्य तालों के लिए चाबी बहुत छोटी थी

aber auf jeden Fall öffnete der Schlüssel keine der Türen

लेकिन, किसी भी दर पर, चाबी ने कोई भी दरवाजा नहीं खोला

Aber was sollte sie tun?

लेकिन उसे क्या करना था?

Sie ging wieder durch den Saal

वह फिर से हॉल के माध्यम से चला गया

Und diesmal bemerkte sie einen niedrigen Vorhang

और इस बार उसने एक कम पर्दा देखा

Hinter dem Vorhang war eine kleine Tür

पर्दे के पीछे एक छोटा दरवाजा था

Die Tür war etwa fünfzehn Zoll hoch

दरवाजा लगभग पंद्रह इंच ऊंचा था

Sie probierte den kleinen goldenen Schlüssel im Schloss aus

उसने ताले में छोटी सुनहरी चाबी की कोशिश की

Und zu ihrer großen Freude passte der Schlüssel ins Schloss!

और उसकी बड़ी खुशी के लिए, चाबी ताले में फिट हो गई!

Alice öffnete die Tür
एलिस ने दरवाजा खोला
und sie fand, daß die Tür in einen kleinen Korridor führte
और उसने पाया कि दरवाजा एक छोटे से गलियारे में ले जाया गया
Der Korridor war nicht viel größer als ein Rattenloch
गलियारा चूहे-छेद से ज्यादा बड़ा नहीं था
Sie kniete nieder und blickte den Korridor entlang
उसने घुटने टेक दिए और गलियारे के साथ देखा
Und sie sah den schönsten Garten, den du je gesehen hast
और उसने सबसे प्यारा बगीचा देखा जिसे आपने कभी देखा है
wie sehr sie sich danach sehnte, aus dieser dunklen Halle herauszukommen
वह उस अंधेरे हॉल से बाहर निकलने के लिए कैसे तरस रही थी
wie sie sich wünschte, zwischen diesen leuchtenden Blumen zu wandern
कैसे वह उन चमकीले फूलों के बीच भटकना चाहती थी
Wie cool die Erfrischung dieser Brunnen aussah
उन फव्वारों को कितना ताज़ा लग रहा था
aber sie konnte nicht einmal ihren Kopf durch die Tür stecken
लेकिन वह दरवाजे के माध्यम से अपना सिर भी नहीं ले सकी
»Oh,« sagte Alice traurig
"ओह," अलाइस ने कहा, शोकपूर्वक
»wie sehr wünschte ich, ich könnte mich zusammenfalten wie ein Fernrohr!«
"मैं कैसे चाहता हूं कि मैं एक दूरबीन की तरह मोड़ सकूं!"
"Ich glaube, ich könnte mich zusammenfalten wie ein Teleskop"
"मुझे लगता है कि मैं एक दूरबीन की तरह मोड़ सकता हूं"
"Wenn ich nur wüsste, wie ich anfangen sollte"

"अगर मैं केवल जानता था कि कैसे शुरू करना है"
Alice ging zurück an den Tisch
एलिस मेज पर वापस चली गई
Es bestand die Möglichkeit, einen weiteren Schlüssel zu finden
एक और कुंजी खोजने का मौका था
Oder es gibt ein Buch mit Regeln
या नियमों की एक किताब हो सकती है
Das Buch könnte ihr sagen, wie man sich wie ein Teleskop zusammenfaltet
किताब उसे बता सकती है कि दूरबीन की तरह कैसे मोड़ना है
Diesmal fand sie ein Fläschchen
इस बार उसे एक छोटी बोतल मिली
"Diese Flasche war gewiß vorher nicht hier," sagte Alice
"यह बोतल निश्चित रूप से पहले यहाँ नहीं थी," एलिस ने कहा
Und um den Flaschenhals war ein Papieretikett gebunden
और बोतल के गले में बंधा हुआ पेपर का लेबल था
Das Etikett war wunderschön in großen Buchstaben gedruckt
लेबल को बड़े अक्षरों में खूबसूरती से मुद्रित किया गया था
"TRINK MICH"
"मुझे पी लो"
»Nein, ich werde erst nachsehen«, sagte sie
"नहीं, मैं पहले देखूंगा," उसने कहा
"Ich werde sehen, ob die Flasche als giftig gekennzeichnet ist oder nicht."
"मैं देखूंगा कि बोतल को जहरीला चिह्नित किया गया है या नहीं,"
weil sie die Lektion über das Gift nie vergessen hat
क्योंकि वह जहर के बारे में सबक कभी नहीं भूली

"Wenn eine Flasche als giftig gekennzeichnet ist, wird sie
Ihnen bestimmt nicht zustimmen"
"अगर एक बोतल को जहरीला करार दिया जाता है, तो यह
आपके साथ असहमत होने के लिए बाध्य है"
Diese Flasche war jedoch nicht als giftig gekennzeichnet
हालांकि, इस बोतल को जहरीले के रूप में चिह्नित नहीं किया
गया था

so wagte Alice es, den Inhalt der Flasche zu kosten
इसलिए ऐलिस ने बोतल की सामग्री का स्वाद लेने का साहस
किया

Sie fand die Flüssigkeit ganz nach ihrem Geschmack
उसे वह तरल काफी पसंद आया

Das Getränk hatte einen gemischten Geschmack
पेय में एक प्रकार का मिश्रित स्वाद था

Kirschkuchen, Vanillepudding und Ananas
चेरी-टार्ट, कस्टर्ड और अनानास

Gebratener Truthahn, Toffee und Toast mit heißer Butter
गर्म मक्खन के साथ टर्की, टॉफी और टोस्ट भूनें

und bald trank sie die Flasche aus
और उसने जल्द ही बोतल खत्म कर दी

"Was für ein merkwürdiges Gefühl!" sagte Alice
"क्या एक जिज्ञासु लग रहा है!" एलिस ने कहा

"Ich klappe mich zusammen wie ein Teleskop!"
"मैं एक दूरबीन की तरह तह कर रहा हूँ!"

Und sie faltete sich tatsächlich zusammen wie ein Teleskop!
और वह वास्तव में एक दूरबीन की तरह तह कर रही थी!

Sie war jetzt nur noch zehn Zentimeter groß
अब वो सिर्फ़ दस इंच ऊँची थी

und ihr Gesicht erhellte sich bei ihren Gedanken
और उसके विचारों पर उसका चेहरा चमक उठा

Jetzt hatte sie die richtige Größe für das Türchen

अब वह छोटे दरवाजे के लिए सही आकार था

Jetzt konnte sie in diesen schönen Garten gehen

अब वह उस सुंदर बगीचे में जा सकता था

Bald hörte sie auf, kleiner zu werden

जल्द ही उसने छोटा होना बंद कर दिया

Sie beschloß, sofort in den Garten zu gehen

उसने तुरंत बगीचे में जाने का फैसला किया

aber wehe der armen Alice!

लेकिन, गरीब ऐलिस के लिए अफसोस!

Sie kam zur Tür

वह दरवाजे पर पहुंच गई

Aber sie hatte den kleinen goldenen Schlüssel vergessen

लेकिन वह छोटी सुनहरी चाबी भूल गई थी

Sie ging zurück zum Tisch, um den Schlüssel zu holen

वह चाबी के लिए मेज पर वापस चली गई

aber sie merkte, daß sie nicht hoch genug greifen konnte

लेकिन उसने पाया कि वह काफी ऊंचाई तक नहीं पहुंच सकी

Sie konnte den Schlüssel ganz deutlich durch das Glas sehen

वह कांच के माध्यम से काफी स्पष्ट रूप से कुंजी देख सकता था

Sie versuchte, die Beine des Tisches hinaufzuklettern

उसने मेज के पैरों पर चढ़ने की कोशिश की

Aber das Glas war viel zu rutschig

लेकिन कांच बहुत फिसलन भरा था

Irgendwann erschöpfte sie sich mit dem Versuch

अंततः वह कोशिश करने के साथ खुद को थक गई

Und das arme kleine Mädchen setzte sich hin und weinte

और बेचारी छोटी लड़की बैठ कर रोने लगी

Alice sprach ziemlich scharf mit sich selbst

एलिस ने खुद से काफी तीखे स्वर में बात की

"Komm, es hat keinen Zweck, so zu weinen!"

"चलो, इस तरह रोने का कोई फायदा नहीं है!"

"Ich rate dir, gleich aufzuhören!"

"मैं आपको इस मिनट रुकने की सलाह देता हूं!"

Sie gab sich im Allgemeinen sehr gute Ratschläge

वह आम तौर पर खुद को बहुत अच्छी सलाह देती थी

obwohl sie nur sehr selten ihren eigenen Rat befolgte

हालांकि वह शायद ही कभी अपनी सलाह का पालन करती थी

und sie war manchmal zu streng mit sich selbst

और वह कभी-कभी खुद पर बहुत कठोर थी

und ihre Worte trieben ihr Tränen in die Augen

और उसके शब्दों ने उसकी आँखों में आँसू ला दिए

Bald fiel ihr Blick auf einen kleinen Glaskasten

जल्द ही उसकी नज़र एक छोटे से कांच के बक्से पर पड़ी

Der kleine Glaskasten lag unter dem Tisch

छोटा कांच का डिब्बा टेबल के नीचे पड़ा था

In dem Glaskasten befand sich ein sehr kleiner Kuchen

कांच के डिब्बे में एक बहुत छोटा केक था

Auf dem Kuchen waren einige Worte schön geschrieben

केक पर कुछ शब्द खूबसूरती से लिखे गए थे

die Worte waren in Johannisbeeren markiert worden

शब्दों को करंट में चिहिनत किया गया था

"MICH ESSEN"

"मुझे खा जाओ"

"Nun, ich werde den Kuchen essen," sagte Alice

"ठीक है, मैं केक खाऊंगा," एलिस ने कहा

"Und wenn mich der Kuchen größer werden lässt, kann ich den Schlüssel erreichen"

"और अगर केक मुझे बड़ा करता है, तो मैं कुंजी तक पहुंच सकता हूं"

"Und wenn mich der Kuchen kleiner werden lässt, kann ich

unter die Tür kriechen"

"और अगर केक मुझे छोटा करता है, तो मैं दरवाजे के नीचे रेंग सकता हूं"

"Also so oder so komme ich in den Garten"

"तो किसी भी तरह से मैं बगीचे में जाऊंगा"

"Und es ist mir egal, was von beidem passiert!"

"और मुझे परवाह नहीं है कि दोनों में से कौन सा होता है!"

Sie aß ein wenig von dem Kuchen

उसने केक का थोड़ा सा हिस्सा खा लिया

und sie sprach ängstlich zu sich selbst:

और वह उत्सुकता से खुद से बात की:

"In welche Richtung? In welche Richtung?"

"कौन सा रास्ता? कौन सा रास्ता?"

und sie hielt die Hand auf den Kopf

और उसने अपना हाथ उसके सिर पर रख लिया

Sie wollte spüren, in welche Richtung sie wuchs

वह महसूस करना चाहती थी कि वह किस तरह से बढ़ रही थी

Sie war ganz überrascht, als sie erfuhr, was geschehen war

वह यह जानकर काफी हैरान थी कि क्या हुआ था

Sie war gleich groß geblieben!

वह एक ही आकार में रह गया था!

Also verdoppelte sie dieses Mal ihre Bemühungen

इसलिए इस बार उसने अपने प्रयास दोगुने कर दिए

Und bald war der ganze Kuchen fertig

और जल्द ही उसने पूरा केक खत्म कर दिया

Der Pool der Tränen

आँसुओं का पूल

"Das wird immer interessanter!" rief Alice

"यह अधिक से अधिक दिलचस्प हो रहा है!" एलिस रोया

Man kann sehen, dass sie sehr überrascht war

आप देख सकते हैं कि वह बहुत हैरान थी

"Ich öffne mich wie das größte Teleskop, das es je gab!"

"मैं अब तक की सबसे बड़ी दूरबीन की तरह खुल रहा हूँ!"

»Auf Wiedersehen, Füße! Oh, meine armen kleinen Füße"

"अलविदा, पैर! ओह, मेरे गरीब छोटे पैर"

"Ich frage mich, wer euch jetzt die Schuhe anziehen wird, meine Lieben?"

"मुझे आश्चर्य है कि अब आपके लिए आपके जूते कौन डालेगा, प्रिय?"

»und ich frage mich, wer Ihre Strümpfe anziehen wird?«

"और मुझे आश्चर्य है कि आपके मोज़े कौन डालेगा?"

"Ich werde viel zu weit weg sein"

"मैं बहुत दूर रहूँगा"

"Ich werde mich nicht mehr um dich kümmern können"

"मैं अब तुम्हारे बारे में खुद को परेशान नहीं कर पाऊंगा"

In diesem Augenblick schlug ihr Kopf gegen etwas

बस इसी समय उसका सिर किसी चीज से टकराया

Sie hatte das Dach des Saales erreicht

वह हॉल की छत पर पहुंच गई थी

Tatsächlich war sie jetzt mehr als zwei Meter groß

वास्तव में, वह अब दो मीटर से अधिक लंबी थी

und sie ergriff sogleich den kleinen goldenen Schlüssel

और उसने तुरंत छोटी सुनहरी चाबी उठा ली

und sie eilte zur Gartentür

और वह जल्दी से बगीचे के दरवाजे की ओर चल पड़ी

Arme Alice! Es gab nicht viel, was sie tun konnte

गरीब ऐलिस! वह ज्यादा कुछ नहीं कर सकती थी

Sie legte sich auf die Seite

वह एक तरफ लेट गई

Und sie blickte mit einem Auge in den Garten hinein

और उसने एक आँख से बगीचे में देखा

Aber durchzukommen war hoffnungsloser denn je

लेकिन के माध्यम से प्राप्त करने के लिए पहले से कहीं
अधिक निराशाजनक था

Sie setzte sich und fing wieder an zu weinen

वह बैठ गई और फिर से रोने लगी

Sie fuhr fort, literweise Tränen zu vergießen

वह आँसू के गैलन बहाती चली गई

Bald war ein großer Pool um sie herum

जल्द ही उसके चारों ओर एक बड़ा पूल था

und das Wasser reichte bis zur Hälfte des Flurs

और पानी हॉल के आधे रास्ते तक पहुंच गया

Nach einer Weile hörte sie ein leises Getrappel von Füßen

थोड़ी देर बाद उसे पैरों की हल्की थपकी सुनाई दी

Sie hörte die Füße aus der Ferne kommen

उसने दूर से आते पैरों की आवाज सुनी

**Und sie trocknete sich hastig die Augen, um zu sehen, was
kommen würde**

और उसने जल्दी से अपनी आँखें सुखा लीं यह देखने के लिए
कि क्या आ रहा था

Es war das weiße Kaninchen, das zurückkehrte

यह सफेद खरगोश लौट रहा था

Er war prächtig gekleidet

उसने शानदार कपड़े पहने थे

Er hatte ein Paar weiße Handschuhe in der einen Hand

उनके एक हाथ में सफेद दस्ताने थे

Und in der anderen Hand hatte er einen großen Federfächer

और उसके दूसरे हाथ में एक बड़ा पंख पंखा था

Er kam in großer Eile dahergetrabt

वह बड़ी जल्दी में टहलता हुआ आया

und er murmelte vor sich hin: »Ach! die Herzogin, die Herzogin!«

और वह मन ही मन बुदबुदाया, "ओह! डचेस, डचेस!"

»Ach! wird sie nicht wild sein, wenn ich sie habe warten lassen?«

"ओह! अगर मैंने उसे इंतज़ार करवाया तो क्या वह वहशी नहीं होगी!"

Als das Kaninchen in ihre Nähe kam, sprach Alice

जब खरगोश उसके पास आया, तो एलिस बोली

aber sie sprach mit leiser, schüchterner Stimme

लेकिन वह धीमी, डरपोक आवाज में बोली

"Sir, bitte hören Sie für einen Moment auf, was Sie tun"

"सर, आप जो कर रहे हैं उसे एक पल के लिए रोक दें"

Das Kaninchen erschrak heftig

खरगोश हिंसक चौंका

Er ließ die weißen Handschuhe und den Federfächer fallen

उसने सफेद दस्ताने और पंख पंखे को गिरा दिया

und er eilte fort in die Dunkelheit, so schnell er konnte

और वह जितनी तेजी से हो सकता था उतनी तेजी से अंधेरे में भाग गया

Alice hob den Federfächer und die Handschuhe auf

एलिस ने पंख पंखा और दस्ताने उठाए

Und sie fächelte sich immer wieder Luft zu, während sie sprach

और वह बात करते हुए खुद को पंखा करती रही

»Liebes, liebes Kind! Wie seltsam ist das alles heute!"

"प्रिय, प्रिय! आज सब कुछ कितना अजीब है!

"Gestern ging es weiter wie bisher"

"कल चीजें हमेशा की तरह ही चलीं"

"War ich heute Morgen noch so, als ich aufgestanden bin?"

"क्या मैं भी वही था जब मैं आज सुबह उठा था?

"Aber wenn ich nicht mehr derselbe bin, dann ist das eine andere Frage"

"लेकिन अगर मैं वही नहीं हूं, तो एक और सवाल है"

"Wer in aller Welt bin ich?"

"मैं दुनिया में कौन हूँ?

"Ah, das ist das große Rätsel!"

"आह, यह बड़ी पहेली है!"

Während sie das sagte, blickte sie auf ihre Hände hinunter

यह कहते हुए उसने अपने हाथों की ओर देखा

Sie trug einen der kleinen weißen Handschuhe des Kaninchens

उसने खरगोशों में से एक छोटे सफेद दस्ताने पहने हुए थे

Sie hatte nicht bemerkt, dass sie den Handschuh angezogen hatte, während sie sprach

उसने ध्यान नहीं दिया था कि उसने बात करते समय दस्ताने

पहन रखे थे

"Wie konnte ich das machen?" dachte sie

"मैं ऐसा कैसे कर सकता था?" उसने सोचा

"Ich muss wieder klein werden"

"मुझे फिर से छोटा होना चाहिए"

Sie stand auf und ging zum Tisch, um ihre Größe zu messen

वह उठी और अपनी ऊंचाई मापने के लिए मेज पर गई

Sie stellte fest, dass sie jetzt etwa einen halben Meter groß war

उसने पाया कि वह अब लगभग आधा मीटर लंबी थी

und sie schrumpfte immer noch schnell

और वो अभी भी तेजी से सिकुड़ रही थी

Bald fand sie heraus, was die Ursache für das Schrumpfen war

उसे जल्द ही पता चल गया कि सिकुड़ने का कारण क्या था

Der Federfächer machte sie wieder kleiner!

पंख पंखा उसे फिर से छोटा कर रहा था!

Und sie ließ hastig den Federfächer fallen

और उसने जल्दी से पंख पंखा गिरा दिया

Sie ließ den Federfächer gerade noch rechtzeitig fallen, um sich zu retten

उसने खुद को बचाने के लिए समय पर पंख पंखा गिरा दिया

Hätte sie sich noch länger Luft zugefächelt, wäre sie völlig zusammengeschrumpft

अगर वह खुद को और अधिक पंखा करती तो वह पूरी तरह से सिकुड़ जाती

»Das war ein knappes Entkommen!« sagte Alice

"वह एक संकीर्ण पलायन था!" एलिस ने कहा

und sie erschrak sehr über die plötzliche Veränderung

और वह अचानक बदलाव से काफी डर गई थी

aber sie war sehr froh, daß sie noch da war

लेकिन वह खुद को अभी भी अस्तित्व में पाकर बहुत खुश थी

"Und jetzt ab in den Garten!"

"और अब, बगीचे के लिए रवाना!"

Und sie lief mit aller Geschwindigkeit zurück zu der kleinen Tür

और वह पूरी गति के साथ छोटे दरवाजे पर वापस भाग गई

Aber ach! Das Türchen wurde wieder geschlossen

लेकिन, अफसोस! छोटा दरवाजा फिर से बंद हो गया

Und das goldene Schlüsselchen lag wieder auf dem Glastisch

और छोटी सुनहरी चाबी फिर से कांच की मेज पर पड़ी थी

"Es ist schlimmer als je!" dachte das arme Kind

"हालात पहले से भी बदतर हैं," गरीब बच्चे ने सोचा

"So klein war ich noch nie, niemals!"

"मैं पहले कभी इतना छोटा नहीं था, कभी नहीं!"

Bei diesen Worten rutschte ihr Fuß aus

जैसे ही उसने ये शब्द कहे, उसका पैर फिसल गया

Und im nächsten Augenblick gab es ein großes Plätschern!

और एक और पल में एक महान छप था!

Sie stand bis zum Kinn im Salzwasser

वह खारे पानी में अपनी ठुड्डी तक थी

Ihre erste Idee war, dass sie irgendwie ins Meer gefallen war

उसका पहला विचार यह था कि वह किसी तरह समुद्र में गिर गई थी

Sie erkannte jedoch bald, worin sie sich befand

हालांकि, उसे जल्द ही एहसास हुआ कि वह क्या कर रही थी

Sie war in einer Tränenlache

वह आंसुओं के पूल में थी

die Tränen, die sie geweint hatte, als sie zwei Meter groß war

आँसू वह रोया था जब वह दो मीटर लंबा था

In diesem Augenblick hörte sie etwas

तभी उसे कुछ सुनाई दिया

Etwas plätscherte im Pool herum

पूल में कुछ छींटे मार रहा था

Das Plätschern kam aus einiger Entfernung

छींटे थोड़ी दूर से आए

und sie schwamm näher, um zu sehen, was das Plätschern war

और वह तैरकर पास आ गई यह देखने के लिए कि छींटे क्या हैं

Bald sah sie, dass es nur eine kleine Maus war

उसने जल्द ही देखा कि यह केवल एक छोटा चूहा था

Auch die kleine Maus war ins Wasser geschlüpft

छोटा चूहा भी पानी में फिसल गया था

Alice dachte bei sich über die Situation nach

एलिस ने स्थिति के बारे में खुद को सोचा

"Würde es etwas nützen, mit dieser Maus zu sprechen?"

"क्या इस चूहे से बात करने का कोई फायदा होगा?"

"Hier unten steht alles auf dem Kopf"

"यहाँ सब कुछ इतना ऊपर-नीचे है"

"Ich denke, es ist sehr wahrscheinlich, dass diese Maus sprechen kann."

"मुझे लगता है कि बहुत संभावना है कि यह माउस बात कर सकता है"

"Es schadet jedenfalls nicht, es zu versuchen"

"किसी भी दर पर, कोशिश करने में कोई बुराई नहीं है"

Also begann sie zu versuchen, mit der Maus zu sprechen

इसलिए वह चूहे से बात करने की कोशिश करने लगी

"Oh Maus, kennst du den Weg aus diesem Pool?"

"ओह माउस, क्या आप इस पूल से बाहर निकलने का रास्ता जानते हैं?"

"Ich bin es leid, hier herumzuschwimmen, oh Maus!"

"मैं यहाँ तैरने से बहुत थक गया हूँ, ओह माउस!"

Die Maus schaute sie ziemlich neugierig an

चूहे ने उसे जिज्ञासा से देखा

Die Maus schien mit einem ihrer kleinen Augen zu blinzeln

चूहा अपनी एक छोटी सी आंख से पलक झपकाता प्रतीत हो रहा था

Aber die kleine Maus sagte nichts

लेकिन छोटे चूहे ने कुछ नहीं कहा

"Vielleicht versteht die Maus kein Englisch!" dachte Alice

"शायद चूहा अंग्रेजी नहीं समझता है," एलिस ने सोचा

"Ich wage zu behaupten, es ist eine französische Maus"

"मैं यह कहने की हिम्मत करता हूं कि यह एक फ्रांसीसी माउस है"

"Vielleicht kam diese Maus mit Wilhelm dem Eroberer herüber"

"शायद यह चूहा विलियम द कॉन्करर के साथ आया था"

Also fing sie wieder an, auf Französisch

तो उसने फिर से फ्रेंच में शुरू किया

"Wo ist meine Katze?", fragte sie auf Französisch

"मेरी बिल्ली कहाँ है?" उसने फ्रेंच में पूछा

es war der erste Satz in ihrem französischen Unterrichtsbuch

यह उसकी फ्रेंच पाठ-पुस्तक का पहला वाक्य था

Die Maus machte einen plötzlichen Sprung aus dem Wasser

चूहे ने अचानक पानी से बाहर छलांग लगाई

Und die Maus schien am ganzen Leibe vor Schreck zu zittern

और चूहा डर के मारे थरथराने लगा

"Oh, ich bitte um Verzeihung!" rief Alice hastig

"ओह, मैं आपसे क्षमा माँगता हूँ!" अलाइस जल्दी से चिल्लाया

Sie fürchtete, sie habe die Gefühle des armen Tieres verletzt

उसे डर था कि उसने गरीब जानवर की भावनाओं को चोट पहुंचाई है

"Ich habe ganz vergessen, dass du keine Katzen magst"

"मैं भूल गया कि आपको बिल्लियाँ पसंद नहीं थीं"

"Ich mag keine Katzen!" rief die Maus mit schriller, leidenschaftlicher Stimme

"मुझे बिल्लियाँ पसंद नहीं हैं!" चूहा तीखी, भावुक आवाज़ में चिल्लाया

"Hättest du gerne Katzen, wenn du ich wärst?"

"क्या आप बिल्लियों को पसंद करेंगे, अगर आप मेरी जगह थे?

Alice tröstete die Maus in einem beruhigenden Ton

एलिस ने सुखदायक स्वर में चूहे को दिलासा दिया

"Naja, vielleicht würde ich an deiner Stelle auch keine Katzen mögen"

"ठीक है, शायद मैं बिल्लियों को पसंद नहीं करूंगा अगर मैं भी तुम्हारी जगह होता"

"Bitte ärgern Sie sich nicht über die Erwähnung von Katzen"

"कृपया बिल्लियों के उल्लेख के बारे में नाराज न हों"

"Und doch wünschte ich, ich könnte dir unsere Katze Dina zeigen"

"और फिर भी मेरी इच्छा है कि मैं आपको हमारी बिल्ली दीना दिखा सकूं"

"Wenn du sie treffen würdest, würdest du wohl Gefallen an Katzen finden"

"अगर आप उससे मिले तो मुझे लगता है कि आप बिल्लियों के लिए एक फैंसी लेंगे"

"Wenn du sie nur sehen könntest"

"यदि आप केवल उसे देख सकते हैं"

"Sie ist so ein liebes, stilles Ding"

"वह इतनी प्यारी, शांत चीज है"

Die Maus zitterte am ganzen Körper

चूहा हर तरफ हिल रहा था

Alice war sich sicher, dass die Maus wirklich beleidigt sein musste

ऐलिस ने महसूस किया कि माउस वास्तव में नाराज होना चाहिए

"Wir reden nicht mehr über sie, wenn du lieber nicht willst"

"हम उसके बारे में और बात नहीं करेंगे, अगर आप नहीं चाहते हैं"

"Wir, allerdings!" rief die Maus

"हम, वास्तव में!" चूहा चिल्लाया

Die Maus zitterte bis zum Ende ihres Schwanzes

चूहा अपनी पूंछ के अंत तक कांप रहा था

»Als ob ich über so ein Thema reden würde!«

"जैसे कि मैं इस तरह के विषय पर बात करूंगा!"

"Unsere Familie hat Katzen schon immer gehasst"

"हमारा परिवार हमेशा बिल्लियों से नफरत करता था"

"Katzen; Gemeine, niedrige, gemeine Dinger!"

"बिल्लियों; गंदी, नीच, अश्लील चीजें!"

"Laß mich den Namen nicht noch einmal hören!"

"मुझे फिर से नाम मत सुनने दो!

"Katzen will ich ja nicht mehr erwähnen!" sagte Alice

"मैं वास्तव में फिर से बिल्लियों का उल्लेख नहीं करूंगा!"
एलिस ने कहा

Sie hatte es sehr eilig, das Thema zu wechseln

वह विषय बदलने की बहुत जल्दी में थी

"Bist du... Lieben Sie Hunde?«

"क्या आप... क्या आप कुत्तों के शौकीन हैं?

"Es gibt so einen netten kleinen Hund in der Nähe unseres Hauses."

"हमारे घर के पास इतना प्यारा सा कुत्ता है,"

"Ich möchte dir den kleinen Hund zeigen!"

"मैं तुम्हें छोटा कुत्ता दिखाना चाहता हूँ!

"Dieser kleine Hund tötet alle Ratten und...

"यह छोटा कुत्ता सभी चूहों को मारता है और ...

»O je!« rief Alice in traurigem Tone

"ओह, प्रिय!" अलाइस एक उदास स्वर में चिल्लाया

»Ich fürchte, ich habe dich schon wieder beleidigt!«

"मुझे डर है कि मैंने आपको फिर से नाराज कर दिया है!"

Die Maus schwamm so schnell sie konnte von ihr weg

चूहा जितनी तेजी से जा सकता था उतनी तेजी से उससे दूर तैर रहा था

Und die Maus machte einen ziemlichen Aufruhr im Tümpel

और चूहे ने पूल में काफी हंगामा किया

Da rief sie leise der Maus nach

इसलिए उसने धीरे से चूहे को पुकारा

"Meine liebe Maus, komm bitte zurück!"

"मेरे प्यारे चूहे, कृपया वापस आओ!

"Und wir werden nicht über Katzen sprechen"

"और हम बिल्लियों के बारे में बात नहीं करेंगे"

"Und über Hunde müssen wir auch nicht reden"

"और हमें कुत्तों के बारे में भी बात नहीं करनी है"

Als die Maus das hörte, drehte sie sich um

चूहे ने जब यह सुना तो वह पलट गया

Und die kleine Maus schwamm langsam zu ihr zurück

और छोटा चूहा धीरे-धीरे तैरकर वापस उसके पास आ गया

Das Gesicht der Maus war ganz blaß

चूहे का चेहरा काफी पीला पड़ गया था

Und die Maus sprach mit leiser, zitternder Stimme

और चूहा धीमी, कांपती आवाज में बोला

"Lasst uns ans Ufer gehen"

"हमें किनारे पर जाने दो"

"Und dann erzähle ich dir meine Geschichte"

"और फिर मैं आपको अपना इतिहास बताऊंगा"

"Und du wirst verstehen, warum ich Katzen und Hunde hasse"

"और आप समझेंगे कि ऐसा क्यों है कि मैं बिल्लियों और कुत्तों से नफरत करता हूं"

Es war höchste Zeit zu gehen

यह जाने का उच्च समय हो गया था

weil der Pool ziemlich voll wurde

क्योंकि पूल में काफी भीड़ हो रही थी

Andere Vögel und Tiere waren in den Pool gefallen

अन्य पक्षी और जानवर पूल में गिर गए थे

es gab eine Ente und einen Dodo

एक बतख और एक डोडो थे

und da waren ein Lory-Vogel und ein Adler

और एक लॉरी पक्षी और एक ईगलेट था

und es gab noch einige andere interessant aussehende

Kreaturen

और कई अन्य दिलचस्प दिखने वाले जीव थे

Alice führte den Weg aus dem Pool

ऐलिस ने पूल से बाहर निकलने का रास्ता दिखाया

und die ganze Gesellschaft der Tiere schwamm ans Ufer

और जानवरों का पूरा दल तैरकर किनारे पर आ गया

Ein Caucus-Rennen und ein langer Schwanz
एक कॉकस दौड़ और एक लंबी पूंछ

Es waren in der Tat ein lustig aussehender Haufen Tiere
वे वास्तव में जानवरों का एक अजीब दिखने वाला झुंड थे

und sie versammelten sich alle am Ufer des Wassers
और वे सब पानी के किनारे इकट्ठे हुए

die Vögel hatten alle zerzauste Federn
सभी पक्षियों के पंख अस्त-व्यस्त थे

und die pelzigen Tiere waren durchnässt
और प्यारे जानवरों को भिगोया गया

und alle waren triefend nass, genervt und unwohl
और सभी गीले, नाराज और असहज टपक रहे थे

Es gab eine Frage, die zuerst beantwortet werden musste
एक सवाल था जिसका जवाब पहले देना था

Was ist der beste Weg für alle, um trocken zu werden?
हर किसी के सूखने का सबसे अच्छा तरीका क्या है?

Sie hatten eine Konsultation zu diesem Thema

उन्होंने इस मामले के बारे में परामर्श किया था

Bald waren sie alle auf vertrautem Einvernehmen

जल्द ही वे सभी परिचित शर्तों पर थे

Es war, als ob sie sie ihr ganzes Leben lang gekannt hätte

ऐसा लगता था जैसे वह उन्हें जीवन भर जानती थी

Die Maus schien eine Person mit einer gewissen Autorität zu sein

चूहा किसी अधिकार का व्यक्ति लग रहा था

"Setzt euch, ihr alle, und hört mir zu!

"बैठो, तुम सब, और मेरी बात सुनो!

"Ich werde euch bald wieder alle trocken machen!"

"मैं जल्द ही आप सभी को फिर से सूखा दूंगा!"

Sie setzten sich alle auf einmal in einem großen Ring nieder

वे सभी एक साथ बैठ गए, एक बड़ी अंगूठी में

Und die kleine Maus saß in der Mitte

और छोटा चूहा बीच में बैठ गया

"Ähm!" sagte die Maus mit einer wichtigen Miene

"अहम!" चूहे ने एक महत्वपूर्ण हवा के साथ कहा

"Seid ihr bereit?"

"क्या आप सब तैयार हैं?"

"Das ist das Trockenste, was ich kenne"

"यह सबसे सूखी बात है जिसे मैं जानता हूं"

»Schweigen Sie ringsum, wenn Sie wollen!«

"चारों ओर मौन, अगर आप कृपया!"

"Wilhelm der Eroberer wurde vom Papst begünstigt"

"विलियम द कॉन्करर को पोप ने पसंद किया था"

"aber er wurde bald von den Engländern unterworfen"

"लेकिन वह जल्द ही अंग्रेजी द्वारा प्रस्तुत किया गया था"

"Sie wollten in letzter Zeit Führer"

"वे देर से नेताओं को चाहते थे"

"Und sie waren an Macht und Eroberung gewöhnt"

"और वे शक्ति और विजय के आदी थे"

"Edwin und Morcar, die Grafen von Mercia und Northumbria"

"एडविन और मोरकर, मर्सिया और नॉर्थम्ब्रिया के अर्ल्स"

»Pfui!« sagte der Lori-Vogel mit einem Schauer

"उह!" लोरी पक्षी ने एक कंपकंपी के साथ कहा

"und sogar Stigand, der patriotische Erzbischof von Canterbury"

"और यहां तक कि स्टिगैंड, कैंटरबरी के देशभक्त आर्कबिशप"

"Er fand es auch ratsam"

"उन्होंने भी इसे उचित पाया"

"Was hielt er für ratsam?" fragte die Ente

"उसे क्या सलाह मिली?" बतख ने कहा

"Er fand es ratsam", antwortete die Maus ziemlich verärgert

"उसने इसे उचित पाया," माउस ने उत्तर दिया, बल्कि क्रॉसली

aber die Ente war nicht zufrieden

लेकिन बतख संतुष्ट नहीं थी

"Natürlich weißt du, was 'es' bedeutet"

"बेशक, आप जानते हैं कि 'यह' का क्या अर्थ है"

"Ich weiß, was es ist, wenn ich etwas finde," sagte die Ente

"मुझे पता है कि जब मुझे कोई चीज़ मिलती है तो वह क्या होता है," बतख ने कहा

"Es ist in der Regel ein Frosch oder ein Wurm"

"यह आम तौर पर एक मेंढक या कीड़ा है"

"Die Frage ist, was hat der Erzbischof gefunden?"

"सवाल यह है कि आर्कबिशप ने क्या पाया?"

Die Maus bemerkte diese Frage nicht

माउस ने इस सवाल पर ध्यान नहीं दिया

Stattdessen fuhr die Maus hastig mit der Rede fort

इसके बजाय, माउस जल्दी से भाषण के साथ चला गया

"Er fand es ratsam, mit Edgar Atheling zu gehen"

"उन्होंने एडगर एथेलिंग के साथ जाना उचित समझा"
"um William zu treffen und ihm die Krone anzubieten"
"विलियम से मिलने और उसे ताज देने के लिए"
fuhr die Maus fort und wandte sich dabei an Alice
चूहा जारी रखा, ऐलिस की ओर मुड़ते हुए यह बात की
»Wie geht es dir jetzt, meine Liebe?«
"अब आप कैसे चल रहे हैं, मेरे प्यारे?
»So naß wie immer,« sagte Alice in melancholischem Tone
"हमेशा की तरह गीला," एलिस ने उदास स्वर में कहा
"Diese Geschichte scheint mich überhaupt nicht
auszutrocknen"
"यह कहानी मुझे बिल्कुल सूखी नहीं लगती है"
»In diesem Falle,« sagte der Dodo feierlich und erhob sich
"उस मामले में," डोडो ने गंभीरता से कहा, अपने पैरों पर
उठते हुए
"Ich stimme dafür, dass die Sitzung vertagt wird"
"मैं वोट देता हूं कि बैठक स्थगित कर दी जाए"
"und ich schlage vor, sofort energischere Heilmittel zu
ergreifen"
"और मैं अधिक ऊर्जावान उपायों को तत्काल अपनाने का
प्रस्ताव करता हूं"
"Sprich wahre Worte!" sagte der Adler
"असली शब्द बोलो!" चील ने कहा
"Ich weiß nicht, was die Hälfte dieser langen Worte
bedeutet"
"मुझे उन लंबे शब्दों में से आधे का अर्थ नहीं पता"
»und außerdem glaube ich nicht, daß Sie es wissen!«
और, क्या अधिक है, मुझे विश्वास नहीं है कि आप या तो
जानते हैं!
»Was ich sagen wollte«, sagte der Dodo in beleidigtem Ton
"मैं क्या कहने जा रहा था," डोडो ने नाराज स्वर में कहा

"Das Beste, was uns trocken kriegt, wäre ein Caucus-Rennen"
"हमें सूखा पाने के लिए सबसे अच्छी बात एक कॉकस-रेस होगी"
»Was ist ein Caucus-Rennen?« fragte Alice
"कॉकस-रेस क्या है?" एलिस ने कहा

"Nun", sagte der Dodo, "der beste Weg, es zu erklären, ist, es zu tun."
"ठीक है," डोडो ने कहा, "इसे समझाने का सबसे अच्छा तरीका यह करना है"
"Zuerst steckte der Dodo eine Rennbahn ab"
"पहले डोडो ने रेस-कोर्स को चिहि्नत किया"
"Die Strecke verlief in einer Art Kreis"
"ट्रैक एक तरह के घेरे में था"
"Und dann wurde die ganze Gesellschaft entlang der Strecke platziert"
"और फिर सभी पार्टी को पाठ्यक्रम के साथ रखा गया था"

Es gab kein "Eins, zwei, drei und weg!"

कोई "एक, दो, तीन और दूर" नहीं था!

aber sie fingen an zu rennen, wann sie wollten

लेकिन वे जब चाहें दौड़ने लगे

Und sie beendeten auch, wenn sie wollten

और वे भी जब पसंद करते थे तब समाप्त हो जाते थे

Es war also nicht einfach zu wissen, wann das Rennen vorbei war

इसलिए यह जानना आसान नहीं था कि दौड़ कब खत्म हो गई

Nach etwa einer halben Stunde Laufen waren sie alle ziemlich trocken

आधे घंटे या दौड़ने के बाद वे सभी काफी सूखे थे

der Dodo rief plötzlich: "Das Rennen ist vorbei!"

डोडो ने अचानक पुकारा, "दौड़ खत्म हो गई है!"

Und sie drängten sich alle um den Dodo

और वे सभी डोडो के चारों ओर भीड़ गए

Alle Tiere hechelten und schnauften

सभी जानवर हांफ रहे थे और कश लगा रहे थे

und sie alle wollten wissen: "Aber wer hat gewonnen?"

और वे सब जानना चाहते थे, "लेकिन कौन जीता है?

Diese Frage konnte der Dodo nicht sofort beantworten

इस सवाल का डोडो तुरंत जवाब नहीं दे सका

Zuerst musste er sehr viel nachdenken

पहले उसे बहुत कुछ सोचना पड़ा

Nach langem Nachdenken sprach der Dodo schließlich

बहुत सोचने के बाद, डोडो आखिरकार बोला

"Jeder hat gewonnen, und jeder muss Preise haben"

"हर कोई जीता है, और सभी को पुरस्कार मिलना चाहिए"

»Aber wer soll die Preise geben?« fragte ein Chor von Stimmen

"लेकिन पुरस्कार देने वाला कौन है?" आवाज़ों का एक कोरस पूछा

"Nun, sie natürlich", sagte der Dodo

"ठीक है, वह, निश्चित रूप से," डोडो ने कहा

und der Dodo deutete mit einem Finger auf Alice

और डोडो ने एक उंगली से एलिस की ओर इशारा किया

und die ganze Gesellschaft von Tieren drängte sich um sie

और जानवरों की पूरी पार्टी उसके चारों ओर भीड़ गई

sie riefen verwirrt: »Preise! Preise!"

उन्होंने उलझन में कहा, "पुरस्कार! पुरस्कार!"

Alice hatte keine Ahnung, was sie tun sollte

ऐलिस को पता नहीं था कि क्या करना है

Verzweifelt steckte sie die Hand in die Tasche

निराशा में उसने अपनी जेब में हाथ डाला

Und sie zog eine Schachtel mit Süßigkeiten hervor

और उसने मिठाई का डिब्बा निकाला

Glücklicherweise war das Salzwasser nicht in den Kasten gelangt

सौभाग्य से नमक-पानी बॉक्स में नहीं मिला था

Und sie reichte die Süßigkeiten als Preise herum

और उसने मिठाई को पुरस्कार के रूप में सौंप दिया

Es gab genau ein Stück für jeden

सभी के लिए बिल्कुल एक टुकड़ा था

Das nächste, was sie tun mussten, war, die Süßigkeiten zu essen

अगली चीज़ जो उन्हें करनी थी वह थी मिठाई खाना

Dies verursachte einige Geräusche und Verwirrung

इससे कुछ शोर और भ्रम पैदा हुआ

Die großen Vögel klagten, dass sie ihre Süßigkeiten nicht schmecken konnten

बड़े पक्षियों ने शिकायत की कि वे अपनी मिठाई का स्वाद

नहीं ले सकते

Die Kleinen verschluckten sich und mussten auf den Rücken geklopft werden

छोटे लोगों का दम घुट गया और उन्हें पीठ पर थपथपाना पड़ा

Doch dann war es endlich vorbei

हालाँकि, यह अंत में खत्म हो गया था

Und sie setzten sich wieder in einem Ring nieder

और वे फिर से एक अंगूठी में बैठ गए

Und sie flehten die Maus an, ihnen noch etwas zu erzählen

और उन्होंने चूहे से विनती की कि वह उन्हें कुछ और बताए

»Du hast versprochen, mir deine Geschichte zu erzählen, weißt du,« sagte Alice

"आपने मुझे अपना इतिहास बताने का वादा किया था, आप जानते हैं," एलिस ने कहा

und sie machte noch eine kleine Bemerkung über Katzen im Flüsterton

और उसने कानाफूसी में बिल्लियों के बारे में एक और छोटी सी टिप्पणी की

Sie wollte die Maus nicht noch einmal beleidigen

वह फिर से चूहे को नाराज नहीं करना चाहती थी

die kleine Maus drehte sich zu Alice um und seufzte

छोटा चूहा ऐलिस की ओर मुड़ा और आह भरी

"Meine Geschichte ist lang und traurig!"

"मेरी एक लंबी और दुखद कहानी है!"

»Es ist gewiß ein langer Schwanz,« sagte Alice

"यह एक लंबी पूंछ है, निश्चित रूप से," एलिस ने कहा

Und sie blickte verwundert auf den Schwanz der Maus hinunter

और उसने आश्चर्य से चूहे की पूंछ की ओर देखा

"Aber warum nennst du es einen traurigen Schwanz?"

"लेकिन आप इसे उदास पूंछ क्यों कहते हैं?"

Und sie rätselte unaufhörlich, während die Maus sprach

और वह इसके बारे में परेशान करती रही, जबकि चूहा बोल रहा था

so daß ihre Vorstellung von der Geschichte ungefähr so aussah

ताकि कहानी के बारे में उसका विचार कुछ इस तरह हो

<pre>
            "Fury said to
              a mouse, That
                 he met in the
                    house, 'Let
                       us both go
                         to law: I
                          will prosecute
                           you.—
                            Come, I'll
                          take no denial:
                        We must have
                      the trial;
                    For really
                 this morning
            I've
            nothing
            to do.'
              Said the
                 mouse to
                    the cur,
                      'Such a
                       trial, dear
                        sir, With
                          no jury
                           or judge,
                            would
                           be wasting
                          our
                        breath.'
                      'I'll be
                    judge,
                 I'll be
              jury,'
            said
            cunning
              old
                 Fury;
                  'I'll
                    try
                      the
                        whole
                          cause,
                          and
                         condemn
                        you to
              death.'"
</pre>

Fury sagte zu einer Maus, die er im Haus getroffen hat."

रोष ने एक चूहे से कहा, कि वह घर में मिला था"

Lasst uns beide vor Gericht gehen: Ich werde euch anklagen

हम दोनों कानून के पास जाएं: मैं आप पर मुकदमा चलाऊंगा

Kommen Sie, ich leugne es nicht: Wir müssen den Prozeß

haben

आओ, मैं कोई इनकार नहीं करूंगा: हमारे पास परीक्षण होना चाहिए

Denn heute morgen habe ich wirklich nichts zu tun

वास्तव में आज सुबह के लिए मेरे पास करने के लिए कुछ नहीं है

Sagte die Maus zum Pfarrer;

चूहे ने कर्र से कहा;

Ein solcher Prozeß, lieber Herr, ohne Geschworene und Richter, würde uns den Atem rauben

इस तरह के एक परीक्षण, प्रिय महोदय, कोई जूरी या न्यायाधीश के साथ, हमारी सांस बर्बाद कर रहा होगा

»Ich werde Richter sein, ich werde Geschworener sein«, sagte der schlaue alte Fury

"मैं जज बनूंगा, मैं जूरी बनूंगा," चालाक बूढ़े फ्यूरी ने कहा

Ich werde die ganze Sache prüfen und dich zum Tode verurteilen

मैं पूरे कारण की कोशिश करूंगा, और आपको मौत की सजा दूंगा

die Maus sprach streng zu Alice

चूहे ने एलिस से गंभीर रूप से बात की

"Du passt nicht auf!"

"आप ध्यान नहीं दे रहे हैं!"

"Woran denkst du?"

"क्या सोच रहे हो?"

»Ich bitte um Verzeihung,« sagte Alice sehr demütig

"मैं आपसे क्षमा माँगता हूँ," अलाइस ने बहुत विनम्रता से कहा

»Sie waren in der fünften Kurve angelangt, glaube ich?«

"आप पांचवें मोड़ पर पहुंच गए थे, मुझे लगता है?"

"Du beleidigst mich, indem du so einen Unsinn redest!"

"आप ऐसी बकवास करके मेरा अपमान करते हैं!"

Und die Maus stand auf und ging weg

और चूहा उठकर चला गया

Alice rief der kleinen Maus hinterher

ऐलिस ने छोटे चूहे के बाद बुलाया

"Bitte komm zurück und beende deine Geschichte!"

"कृपया वापस आओ और अपनी कहानी खत्म करो!"

Und die andern stimmten alle in den Chor ein

और अन्य सभी कोरस में शामिल हो गए

"Ja, bitte beenden Sie Ihre Geschichte!"

"हाँ, प्लीज़ अपनी कहानी खत्म करो!"

Aber die Maus schüttelte nur ungeduldig den Kopf

लेकिन चूहे ने केवल अधीरता से अपना सिर हिला दिया

Und die kleine Maus ging ein wenig schneller

और छोटा चूहा थोड़ा तेज चला गया

"Ich wünschte, ich hätte Dinah, unsere Katze, hier!" sagte Alice

"काश मेरे पास दीना, हमारी बिल्ली, यहाँ होती!" एलिस ने कहा

Dies erregte in der Partei ein bemerkenswertes Aufsehen

इससे पार्टी में उल्लेखनीय सनसनी फैल गई

Einige der Vögel eilten sofort davon

कुछ पक्षी तुरंत चले गए

und ein Kanarienvogel rief mit zitternder Stimme seinen Kindern zu;

और एक कैनरी ने कांपते हुए आवाज में अपने बच्चों को पुकारा;

»Kommt fort, meine Lieben!«

"चले जाओ, मेरे प्यारे!"

"Es ist höchste Zeit, dass ihr alle im Bett seid!"

"यह उच्च समय है जब आप सभी बिस्तर पर थे!"

Mit verschiedenen Ausreden gingen sie alle weg

तरह-तरह के बहाने बनाकर वे सब चले गए

und Alice war bald allein

और ऐलिस जल्द ही अकेला रह गया था

"Ich wünschte, ich hätte Dina nicht erwähnt!"

"काश मैंने दीना का जिक्र नहीं किया होता!"

"Niemand scheint sie hier unten zu mögen"

"कोई भी उसे यहाँ पसंद नहीं करता है"

"Aber ich bin mir sicher, dass sie die beste Katze von der Welt ist!"

"लेकिन मुझे यकीन है कि वह दुनिया की सबसे अच्छी बिल्ली है!

Die arme Alice fing wieder an zu weinen

बेचारी ऐलिस फिर से रोने लगी

weil sie sich sehr einsam und niedergeschlagen fühlte

क्योंकि वह बहुत अकेला और कम उत्साही महसूस करती थी

Nach einer Weile aber hörte sie wieder etwas

लेकिन थोड़ी देर में उसे फिर कुछ सुनाई दिया

ein leises Getrappel von Schritten in der Ferne

दूरी में कदमों की एक छोटी सी थपथपाना

und sie blickte eifrig auf

और उसने उत्सुकता से ऊपर देखा

Der Hase schickt den kleinen Mr. Bill herein
खरगोश थोड़ा मिस्टर बिल में भेजता है

Es war das weiße Kaninchen, das langsam wieder zurücktrabte

यह सफेद खरगोश था, धीरे-धीरे फिर से वापस आ रहा था

Er sah sich ängstlich um, während er ging

जाते-जाते वह उत्सुकता से इधर-उधर देख रहा था

Er sah aus, als hätte er etwas verloren

उसे ऐसा लग रहा था जैसे उसने कुछ खो दिया हो

Alice hörte, wie er vor sich hin murmelte

एलिस ने उसे खुद से गुनगुनाते हुए सुना

»Die Herzogin! Die Herzogin! Oh, meine lieben Pfoten!"

"डचेस! डचेस! ओह, मेरे प्यारे पंजे!"

"Oh, mein Fell und meine Schnurrhaare!"

"ओह, मेरे फर और मूंछ!"

"Sie wird mich hinrichten lassen, da bin ich mir sicher"

"वह मुझे मार डालेगी, मुझे इस बात का यकीन है"

"Genauso sicher, wie Frettchen Frettchen sind!"

"बस के रूप में यकीन है कि फेरेट्स फेरेट्स हैं!"

"Wo kann ich meine Sachen abgestellt haben, frage ich mich?"

"मैं अपनी चीजें कहां गिरा सकता हूं, मुझे आश्चर्य है?"

Alice erriet in einem Augenblick, was er suchte

एलिस ने एक पल में अनुमान लगाया कि वह क्या ढूंढ रहा था

Er war auf der Suche nach dem Federfächer

वह पंख पंखे की तलाश में था

Und er suchte nach dem Paar weißer Handschuhe

और वह सफेद दस्ताने की जोड़ी की तलाश में था

So machte sie sich sehr gutmütig auf die Suche nach den Handschuhen

इसलिए वह बहुत अच्छे स्वभाव से दस्ताने की तलाश करने लगी

Und sie suchte auch nach dem Federfächer

और उसने पंख पंखे की भी तलाश की

Aber die Handschuhe und der Federfächer waren nirgends zu sehen

लेकिन दस्ताने और पंख पंखे कहीं नहीं दिखे

Alles schien sich verändert zu haben, seit sie im Pool geschwommen war

पूल में तैरने के बाद से सब कुछ बदल गया था

Nichts war mehr so, wie es war, seit sie in der Großen Halle gewesen war

जब से वह ग्रेट हॉल में थी, तब से कुछ भी पहले जैसा नहीं था

und der Glastisch war verschwunden

और कांच की मेज गायब हो गई थी

Und die kleine Tür war auch nicht da

छोटा दरवाजा भी वहां नहीं था

Sehr bald bemerkte das Kaninchen Alice

बहुत जल्द खरगोश ने ऐलिस को देखा

rief er ihr in zornigem Ton zu

उसने गुस्से में उसे बुलाया

"Mary Ann, was machst du hier draußen?"

"मैरी एन, तुम यहाँ क्या कर रही हो?

"Lauf in diesem Moment nach Hause"

"इस पल घर भागो"

"Und hol mir ein Paar Handschuhe und einen Federfächer!"

"और मुझे दस्ताने और पंख प्रशंसक की एक जोड़ी लाओ!"

"Und beeil dich!"

"और इसके बारे में जल्दी करो!"

Alice sprach mit sich selbst, als sie davonrannte

एलिस ने भागते हुए खुद से बात की

"Er muss mich für sein Hausmädchen gehalten haben!"

"उसने मुझे अपनी घरेलू नौकरानी समझ लिया होगा!"

"Wie überrascht wird er sein, wenn er herausfindet, wer ich bin!"

"वह कितना आश्चर्यचकित होगा जब उसे पता चलेगा कि मैं कौन हूं!"

Während sie dies sagte, stieß sie auf ein hübsches Häuschen

यह कहते हुए वह एक साफ-सुथरे छोटे से घर पर आ गई

An der Tür des Hauses hing eine helle Messingplatte

घर के दरवाजे पर एक चमकीली पीतल की प्लेट थी

"W. HASE"

"डब्ल्यू खरगोश"

Sie trat ein, ohne an die Tür zu klopfen

वह दरवाजा खटखटाए बिना अंदर चली गई

und sie eilte geradewegs die Treppe hinauf

और वह जल्दी से सीधे ऊपर की ओर बढ़ गई

sie machte sich Sorgen, dass sie die echte Mary Ann treffen könnte

उसे चिंता थी कि वह असली मैरी एन से मिल सकती है

denn dann würde sie aus dem Haus gejagt werden

क्योंकि तब उसे घर से बाहर कर दिया जाएगा

Und sie würde den Federfächer und die Handschuhe nicht finden können

और वह पंख पंखे और दस्ताने खोजने में सक्षम नहीं होगी

Alice hatte den Weg in ein aufgeräumtes Kämmerlein gefunden

ऐलिस ने एक साफ छोटे कमरे में अपना रास्ता खोज लिया था

Im Zimmer stand ein Tisch am Fenster

कमरे में खिड़की के पास एक मेज थी

und auf dem Tisch stand ein Federfächer

और मेज पर एक पंख प्रशंसक था

Und da waren zwei oder drei Paar winzige weiße Handschuhe

और छोटे सफेद दस्ताने के दो या तीन जोड़े थे

Sie hob den Federfächer und ein Paar Handschuhe auf

उसने पंख पंखे और दस्ताने की एक जोड़ी उठाई

und sie war eben im Begriff, das Zimmer zu verlassen

और वह कमरे से बाहर निकलने ही वाली थी

Aber dann fiel ihr Blick auf ein Fläschchen

लेकिन तभी उसकी नजर एक छोटी बोतल पर पड़ी

Sie entkorkte die Flasche und führte sie an ihre Lippen

उसने बोतल को खोल दिया और अपने होंठों से लगा लिया

"Ich hoffe, dass ich dadurch wieder groß werde"

"मुझे उम्मीद है कि यह मुझे फिर से बड़ा कर देगा"

"Ich bin es leid, so ein winziges Ding zu sein!"

"मैं इतनी छोटी सी चीज होने से थक गया हूँ!"

Alice hatte kaum die halbe Flasche getrunken

एलिस ने मुश्किल से आधी बोतल पी ली थी

Ihr Kopf drückte bereits gegen die Decke

उसका सिर पहले से ही छत के खिलाफ दबा रहा था

und sie musste sich bücken

और उसे नीचे झुकना पड़ा

um ihr das Genick vor dem Genickbruch zu bewahren

उसकी गर्दन को टूटने से बचाने के लिए

Hastig stellte sie die Flasche ab

उसने जल्दी से बोतल नीचे रख दी

"Das reicht"

"यह काफी है"

"Ich hoffe, ich wachse nicht mehr"

"मुझे आशा है कि मैं अब और नहीं बढ़ूंगा"

Leider! Es war zu spät, das zu wünschen!

हाय! यह इच्छा करने के लिए बहुत देर हो चुकी थी!

Sie wuchs und wuchs weiter

वह बढ़ती और बढ़ती चली गई

und sehr bald musste sie sich auf den Boden knien

और बहुत जल्द उसे फर्श पर घुटने टेकने पड़े

und selbst dann wuchs sie weiter

और फिर भी वह बढ़ती चली गई

Als letztes Mittel streckte sie einen Arm aus dem Fenster

अंतिम संसाधन के रूप में उसने एक हाथ खिड़की से बाहर रखा

und sie setzte einen Fuß auf den Schornstein

और उसने एक पैर चिमनी के ऊपर रख दिया

"Jetzt kann ich nicht mehr, was auch immer passiert"

"अब मैं और अधिक नहीं कर सकता, चाहे कुछ भी हो जाए"

»Was wird aus mir?«

"मेरा क्या होगा?"

Alice hatte Glück

ऐलिस के पास भाग्य का एक स्थान था

Das kleine Zauberfläschchen hatte seine volle Wirkung entfaltet

छोटी जादू की बोतल का पूरा असर हो चुका था

und Alice wurde nicht größer, als sie war

और ऐलिस उससे बड़ी नहीं हुई

Nach ein paar Minuten hörte sie draußen eine Stimme

कुछ मिनटों के बाद उसने बाहर एक आवाज सुनी

Und sie blieb stehen, um der Stimme zu lauschen

और वह आवाज सुनने के लिए रुक गई

»Mary Ann! Mary Ann!« sagte die Stimme

"मैरी एन! मैरी एन!" आवाज ने कहा

"Hol mir gleich meine Handschuhe!"

"मुझे इस पल मेरे दस्ताने लाओ!"

Dann ertönte ein leises Getrappel von Füßen auf der Treppe

फिर सीढ़ियों पर पैरों की थोड़ी थपकी आई

Alice wusste, dass es das Kaninchen war, das kam, um sie zu suchen

ऐलिस जानती थी कि यह खरगोश उसकी तलाश में आ रहा है

und sie zitterte, bis sie das Haus erschütterte

और वह तब तक कांपती रही जब तक उसने घर को हिला नहीं दिया

Sie vergaß ganz, welche Proportionen sie hatte

वह बिल्कुल भूल गई कि उसका अनुपात क्या था

Sie war tausendmal so groß wie das Kaninchen

वह खरगोश से हजार गुना बड़ी थी

und sie hatte keinen Grund, sich vor einem Kaninchen zu fürchten

और उसके पास खरगोश से डरने का कोई कारण नहीं था

Bald kam das Kaninchen an die Tür heran

अब खरगोश दरवाजे तक आ गया

Und das kleine Kaninchen versuchte, die Tür zu öffnen

और छोटे खरगोश ने दरवाजा खोलने की कोशिश की

Die Tür begann sich nach innen zu öffnen

दरवाजा अंदर की ओर खुलने लगा

aber Alices Ellbogen wurde hart gegen die Tür gedrückt

लेकिन ऐलिस की कोहनी दरवाजे के खिलाफ जोर से दबाई गई थी

Dieser Versuch erwies sich als Fehlschlag

यह प्रयास विफल साबित हुआ

Alice hörte, wie das Kaninchen mit sich selbst sprach

एलिस ने खरगोश को खुद से बात करते सुना

"Dann gehe ich herum und steige durch das Fenster ein"

"तो फिर मैं चारों ओर जाकर खिड़की से अंदर आऊंगा"

"Das wirst du nicht!" dachte Alice

"यह आप नहीं करेंगे!" अलाइस ने सोचा

und sie wartete wieder ein wenig

और उसने फिर से थोड़ा इंतजार किया

Bald hörte sie das Kaninchen gerade unter dem Fenster

जल्द ही उसने खिड़की के नीचे खरगोश को सुना

Plötzlich streckte sie ihre Hand aus

उसने अचानक अपना हाथ फैला दिया

Und sie machte einen Sprung in die Luft

और उसने हवा में एक झपट लिया

Sie bekam nichts in die Finger

उसे कुछ भी पकड़ में नहीं आया

aber sie hörte einen kleinen Schrei und einen Sturz

लेकिन उसने थोड़ी चीख और गिरने की आवाज सुनी

und sie hörte ein Krachen von zerbrochenem Glas

और उसने टूटे हुए कांच की एक दुर्घटना सुनी

Vielleicht war das Kaninchen gefallen

शायद खरगोश गिर गया था

Vielleicht war er in einem Gewächshaus

शायद वह ग्रीन हाउस में था

Dann ertönte eine zornige Stimme; Die Stimme des Kaninchens

इसके बाद गुस्से की आवाज आई; खरगोश की आवाज

"Pat, wo bist du?"

"पैट, तुम कहाँ हो?"

Und dann ertönte eine Stimme, die sie noch nie zuvor gehört hatte

और फिर एक आवाज आई जो उसने पहले कभी नहीं सुनी थी

"Euer Ehren, ich bin hier!"

"हुजूर, मैं यहाँ हूँ!"

"Ich grabe nach Äpfeln"

"मैं सेब के लिए खुदाई कर रहा हूँ"

»Hier! Komm und hilf mir da raus!"

"यहाँ! आओ और इससे बाहर निकलने में मेरी मदद करो!"
»Nun sag mir, Pat, was ist das da im Fenster?«
"अब मुझे बताओ, पैट, खिड़की में क्या है?"
"Sicher, Euer Ehren, ich werde es Ihnen sagen"
"ज़रूर, हुज़ूर, मैं आपको बताता हूँ"
"Das ist ein Arm, der im Fenster steckt!"
"यह एक हाथ है जो खिड़की में है!"
"Na ja, da hat ein Arm nichts zu suchen"
"ठीक है, एक हाथ का वहां कोई व्यवसाय नहीं है"
"Geh und nimm den Arm weg!"
"जाओ और हाथ ले लो!"
Hierauf trat ein langes Schweigen ein
इसके बाद एक लंबी चुप्पी थी
und Alice konnte nur ab und zu ein Flüstern hören
और ऐलिस केवल कभी-कभी फुसफुसाते हुए सुन सकती थी
und endlich streckte sie die Hand wieder aus
और अंत में उसने फिर से अपना हाथ फैला दिया
Und sie machte einen weiteren Sprung in die Luft
और उसने हवा में एक और झपकी ली
Diesmal gab es zwei kleine Schreie
इस बार दो छोटी-छोटी चीखें थीं
und es gab noch mehr Geräusche von zerbrochenem Glas
और टूटे शीशे की आवाजें ज्यादा आ रही थीं
"Ich möchte wohl wissen, was sie nun tun werden!" dachte Alice
"मुझे आश्चर्य है कि वे आगे क्या करेंगे!" अलाइस ने सोचा
"Ich wünschte, sie würden mich aus dem Fenster ziehen"
"काश वे मुझे खिड़की से बाहर खींच लेते"
Sie wartete eine Weile
उसने कुछ देर इंतजार किया
aber eine Weile hörte sie nichts mehr

लेकिन थोड़ी देर के लिए उसने कुछ और नहीं सुना

Endlich ertönte das Rumpeln kleiner Rädchen

अंत में छोटे पहियों की गड़गड़ाहट आई

Und da ertönten viele Stimmen

और वहाँ एक अच्छी कई आवाज़ें आईं

Alle Stimmen sprachen miteinander

सभी आवाजें एक साथ बोल रही थीं

Sie konnte einige der Worte verstehen

वह कुछ शब्दों को समझ सकती थी

"Wo ist die andere Leiter?"

"दूसरी सीढ़ी कहाँ है?

"Bill hat die andere Leiter"

"बिल को दूसरी सीढ़ी मिल गई है"

"Bill, komm her!"

"बिल, इधर आओ!"

"Wird das Dach die Last tragen?"

"क्या छत का बोझ सहन होगा?"

"Wer will schon den Schornstein hinuntergehen?"

"चिमनी के नीचे कौन जाना चाहता है?"

»Nein, das werde ich nicht! Du machst es!"

"नहीं, मैं नहीं करूँगा! तुम कर दो!"

»Hier, Bill!«

"यहाँ, बिल!"

"Der Meister sagt, du musst in den Schornstein hinunter!"

मास्टर का कहना है कि आप चिमनी नीचे जाने के लिए मिल गया है!

Alice zog ihren Fuß so weit den Schornstein hinab, wie sie konnte

एलिस ने अपने पैर को चिमनी के नीचे तक खींचा जितना वह कर सकती थी

Und dann wartete sie, was kommen würde

और फिर वह इंतजार कर रही थी कि क्या आ रहा था

Sie hörte ein kleines Tier kratzen und krabbeln

उसने एक छोटे जानवर को खरोंचने और हाथापाई करने की आवाज सुनी

Das Tierchen muss sich im Schornstein befinden

छोटा जानवर चिमनी में होना चाहिए

dann gab sie einen scharfen Tritt

फिर उसने एक तेज किक दी

Und sie wartete ab, was als nächstes geschehen würde

और वह इंतजार कर रही थी कि आगे क्या होगा

Sie hörte einen allgemeinen Chor von Stimmen

उसने आवाज़ों का एक सामान्य कोरस सुना

"Da geht Bill!", sagten alle

"बिल जाता है!" वे सभी ने कहा

Dann hörte sie allein die Stimme des Kaninchens

तभी उसे अकेले में खरगोश की आवाज सुनाई दी

"Du an der Hecke, fang ihn!"

"तुम बाड़े से, उसे पकड़ो!"

Es trat wieder ein Augenblick des Schweigens ein

मौन का एक और क्षण था

Und dann gab es wieder ein Stimmengewirr

और फिर आवाज़ों का एक और भ्रम था

"Halt seinen Kopf hoch, Brandy"

"उसका सिर पकड़ो, ब्रांडी"

"Pass auf, dass du ihn nicht würgst"

"सावधान रहें कि उसका गला न घोंट दें"

"Was ist mit dir passiert?"

"क्या हुआ है तुम्हें?"

Zuletzt kam eine kleine, schwache, quietschende Stimme

अंत में एक छोटे से कमजोर, कर्कश आवाज आया

"Nun, ich weiß es kaum mehr"

"ठीक है, मैं शायद ही और अधिक नहीं जानता"

"Danke euch allen, mir geht es jetzt besser"

"आप सभी को धन्यवाद, मैं अब बेहतर हूँ"

"Es gibt eine Sache, an die ich mich erinnern kann"

"एक बात है जो मैं याद रख सकता हूँ"

"Irgendetwas kommt auf mich zu wie ein Zug im Tunnel"

"कुछ मेरे पास आता है जैसे सुरंग में ट्रेन की तरह"

"Und ich fliege hoch wie eine Rakete!"

"और ऊपर मैं एक आकाश-रॉकेट की तरह उड़ता हूं!"

Es gab ein oder zwei Minuten des Schweigens

एक-दो मिनट का मौन था

Und dann fingen sie wieder an, sich zu bewegen

और फिर वे फिर से आगे बढ़ने लगे

und Alice hörte das Kaninchen wieder sprechen

और एलिस ने खरगोश को फिर से बोलते हुए सुना

"Ein Karren voll reicht für den Anfang"

"एक बैरोफुल करेगा, शुरू करने के लिए"

"Einen Karren voll wovon?" dachte Alice

"किस बात का एक बैरोफुल?" अलाइस ने सोचा

Aber sie wurde nicht lange in Atem gehalten

लेकिन उन्हें लंबे समय तक सस्पेंस में नहीं रखा गया

Ein Regen von kleinen Kieselsteinen drang durch das Fenster

खिड़की से छोटे-छोटे कंकड़ों की बौछार आई

und einige der kleinen Kieselsteine trafen sie im Gesicht

और कुछ छोटे कंकड़ उसके चेहरे पर टकराए

Alice wunderte sich über die kleinen Kieselsteine

एलिस छोटे कंकड़ के बारे में आश्चर्यचकित था

all die kleinen Kieselsteine verwandelten sich in Kuchen

सभी छोटे कंकड़ केक में बदल रहे थे

und eine glänzende Idee kam ihr in den Kopf

और एक उज्ज्वल विचार उसके सिर में आया

"Einen von diesen Kuchen sollte ich essen"

"मुझे इनमें से एक केक खाना चाहिए"

"Der Kuchen wird sicher etwas an meiner Größe ändern"

"केक मेरे आकार में कुछ बदलाव करने के लिए निश्चित है"

Also schluckte sie einen der Kuchen

इसलिए उसने केक में से एक को निगल लिया

und sie freute sich, als sie feststellte, dass sie anfing zu schrumpfen

और वह यह जानकर खुश थी कि वह सिकुड़ने लगी है

Bald war sie klein genug, um durch die Tür zu kommen

जल्द ही वह दरवाजे के माध्यम से प्राप्त करने के लिए काफी छोटा था

Sie rannte aus dem Haus

वह घर से बाहर भागी

Draußen wartete eine Menge kleiner Tiere und Vögel

नन्हें पशु-पक्षियों की भीड़ बाहर इंतजार कर रही थी

alle kleinen Vögel und Tiere stürzten sich auf Alice

सभी छोटे पक्षी और जानवर ऐलिस पर दौड़े

aber sie rannte davon, so schnell sie konnte

लेकिन वह जितनी तेजी से भाग सकती थी उतनी तेजी से भाग गई

und bald fand sie sich sicher in einem dichten Walde

और जल्द ही उसने खुद को एक मोटी लकड़ी में सुरक्षित पाया

Alice irrte im Walde umher

ऐलिस जंगल में भटकती रही

Und sie dachte bei sich:

और उसने मन ही मन सोचा:

"Ich weiß, was ich zuerst zu tun habe"

"मुझे पता है कि मुझे पहले क्या करना है"

"erst muss ich wieder auf meine richtige Größe wachsen"

"पहले मुझे फिर से अपने सही आकार में बढ़ना होगा"

"Und dann muss ich den Weg in diesen schönen Garten finden"

"और फिर मुझे उस प्यारे बगीचे में अपना रास्ता खोजना होगा"

"Ich glaube, ich sollte irgendetwas essen oder trinken"

"मुझे लगता है कि मुझे कुछ या अन्य खाना या पीना चाहिए"

"Aber die Frage ist, was soll ich essen oder trinken?"

"लेकिन सवाल यह है कि मुझे क्या खाना या पीना चाहिए?

Alice blickte sich um und betrachtete die Blumen

एलिस ने अपने चारों ओर फूलों को देखा

Und sie schaute durch die Grashalme hindurch

और उसने घास के ब्लेड के माध्यम से देखा

aber sie konnte nichts zu essen und zu trinken sehen

लेकिन उसे खाने-पीने को कुछ दिखाई नहीं दे रहा था

Nichts sah nach dem Richtigen zum Essen oder Trinken aus

खाने या पीने के लिए कुछ भी सही नहीं लग रहा था

In ihrer Nähe wuchs ein großer Pilz

उसके पास एक बड़ा मशरूम उग रहा था

der Pilz war ungefähr so groß wie Alice

मशरूम ऐलिस के समान ऊंचाई के बारे में था

Sie streckte sich auf den Zehenspitzen auf

उसने खुद को टिप्पीटो पर फैलाया

Und sie guckte über den Rand des Pilzes

और उसने मशरूम के किनारे पर झांका

Ihre Augen trafen sofort die Augen einer großen blauen Raupe

उसकी आँखें तुरंत एक बड़े नीले कैटरपिलर की आँखों से मिलीं

Die Raupe saß auf der Spitze des Pilzes

कैटरपिलर मशरूम के शीर्ष पर बैठा था

und die Raupe hatte alle Arme gekreuzt

और कैटरपिलर ने अपनी सभी बाहों को पार कर लिया था
Und er rauchte leise eine lange Wasserpfeife
और वह चुपचाप एक लंबा हुक्का पी रहा था
und er nahm nicht die geringste Notiz von irgendetwas
और उसने किसी भी चीज का जरा भी नोटिस नहीं लिया
und er achtete gewiß nicht auf Alice
और उसने निश्चित रूप से ऐलिस पर ध्यान नहीं दिया

Ratschläge von einer Raupe
एक कैटरपिलर से सलाह

Endlich nahm die Raupe die Shisha aus dem Maul

अंत में कैटरपिलर ने हुक्का अपने मुंह से निकाल लिया

und er redete Alice mit einer trägen, schläfrigen Stimme an

और उसने एलिस को एक सुस्त, नींद वाली आवाज में संबोधित किया

"Wer bist du?" fragte die Raupe

"तुम कौन हो?" कैटरपिलर ने कहा

Alice antwortete etwas schüchtern: "Ich weiß es kaum, Sir."

एलिस ने जवाब दिया, बल्कि शर्माते हुए, "मुझे शायद ही पता है, सर"

"Gerade im Moment ist alles ein bisschen..."

"बस इस समय यह सब थोड़ा सा है ..."

"Ich weiß, wer ich war, als ich heute Morgen aufgestanden bin."

"मुझे पता है कि मैं आज सुबह उठने पर कौन था"

"aber ich glaube, ich muss mich seitdem mehrmals verändert haben"

"लेकिन मुझे लगता है कि मैं तब से कई बार बदल गया होगा"

"Was meinst du damit?" sagte die Raupe

"इससे तुम्हारा क्या मतलब है?" कैटरपिलर ने कहा

Streng forderte die Raupe sie auf, sich zu erklären

सख्ती से कैटरपिलर ने उसे खुद को समझाने के लिए कहा

»Ich kann mich nicht erklären, fürchte ich, Sir«, sagte Alice

"मैं खुद को समझा नहीं सकता, मुझे डर है, सर," एलिस ने कहा

"weil ich nicht ich selbst bin"

"क्योंकि मैं खुद नहीं हूं"

"Du siehst, es ist sehr verwirrend, so viele verschiedene Größen an einem Tag zu haben"

"आप देखते हैं, एक दिन में इतने सारे अलग-अलग आकार होना बहुत भ्रमित करने वाला है"

Sie raffte sich auf und sagte sehr ernst:

उसने खुद को ऊपर खींच लिया और बहुत गंभीरता से कहा:

"Ich denke, du solltest mir zuerst sagen, wer du bist"

"मुझे लगता है कि आपको मुझे बताना चाहिए कि आप कौन हैं, पहले"

"Warum?" fragte die Raupe

"क्यों?" कैटरपिलर ने कहा

Alice fiel kein guter Grund ein

ऐलिस किसी भी अच्छे कारण के बारे में नहीं सोच सकता था

und die Raupe schien sich in einem sehr unangenehmen Gemütszustand zu befinden

और कैटरपिलर मन की एक बहुत ही अप्रिय स्थिति में लग रहा था

also wandte sie sich ab

इसलिए उसने मुंह फेर लिया

"Komm zurück!" rief ihr die Raupe nach

"वापस आ जाओ!" कैटरपिलर ने उसके बाद बुलाया

"Ich habe etwas Wichtiges zu sagen!"

"मुझे कुछ महत्वपूर्ण कहना है!"

Alice drehte sich um und kam wieder zurück

एलिस मुड़ी और फिर से वापस आ गई

"Behalte die Fassung!" sagte die Raupe

"अपना गुस्सा रखो," कैटरपिलर ने कहा

»Ist das alles?« fragte Alice

"बस इतना ही?" अलाइस ने कहा

und sie schluckte ihren Zorn hinunter, so gut sie konnte

और उसने अपने गुस्से को निगल लिया जितना वह कर सकती थी

"Nein!" sagte die Raupe

"नहीं," कैटरपिलर ने कहा

Die Raupe breitete ihre Arme aus

कैटरपिलर ने अपनी बाहों को खोल दिया

Und er nahm die Shisha wieder aus dem Mund

और उसने फिर से अपने मुंह से हुक्का निकाल लिया

Und er sagte: "Du glaubst also, du bist verändert, oder?"

और उसने कहा, "तो आपको लगता है कि आप बदल गए हैं, क्या आप?

»Ich fürchte, ich bin verändert, Sir,« sagte Alice

"मुझे डर है, मैं बदल गया हूँ, सर," एलिस ने कहा

"Ich kann mich nicht mehr so an Dinge erinnern, wie ich sie früher in Erinnerung hatte"

"मैं चीजों को याद नहीं कर सकता क्योंकि मैं उन्हें याद करता था।

"Und ich bleibe nicht länger als zehn Minuten gleich groß!"

"और मैं दस मिनट से अधिक समय तक एक ही आकार में

नहीं रहता!"

"Wie groß willst du sein?" fragte die Raupe

"आप किस आकार का होना चाहते हैं?" कैटरपिलर ने पूछा

»Oh, es ist mir nicht besonders wichtig, wie groß ich bin«, erwiderte Alice hastig

"ओह, मुझे विशेष रूप से कोई फर्क नहीं पड़ता कि मैं किस आकार का हूं," एलिस ने जल्दबाजी में उत्तर दिया

"Ich mag es einfach nicht, so oft die Größe zu wechseln, weißt du"

"मुझे इतनी बार आकार बदलना पसंद नहीं है, आप जानते हैं"

"Ich würde gerne etwas größer sein, Sir"

"मैं थोड़ा बड़ा होना चाहता हूं, सर"

»wenn es dir nichts ausmacht,« fügte Alice hinzu

"अगर आप बुरा नहीं मानेंगे," ऐलिस ने कहा

"Zehn Zentimeter sind so eine erbärmliche Größe"

"दस सेंटीमीटर इतनी मनहूस ऊंचाई है"

"Das ist wirklich eine sehr gute Höhe!" sagte die Raupe ärgerlich

"यह वास्तव में एक बहुत अच्छी ऊंचाई है!" कैटरपिलर ने गुस्से से कहा

und er richtete sich auf, während er sprach

और बोलते-बोलते वह सीधा हो गया

Er war genau zehn Zentimeter groß

वह ठीक दस सेंटीमीटर ऊंचा था

In ein oder zwei Minuten war die Raupe vom Pilz heruntergekommen

एक या दो मिनट में, कैटरपिलर मशरूम से नीचे उतर गया

und er kroch ins Gras

और वह घास में रेंगता हुआ चला गया

Als er sich entfernte, machte er einige kleine Bemerkungen

जाते-जाते उन्होंने कुछ छोटी-छोटी बातें कीं

"Eine Seite lässt dich größer werden"

"एक तरफ आपको लंबा कर देगा"

"Und die andere Seite wird dich kleiner werden lassen"

"और दूसरी तरफ आपको छोटा कर देगा"

"Eine Seite wovon?" dachte Alice bei sich

"किस बात का एक पक्ष?" अलाइस ने मन ही मन सोचा

"Die andere Seite von was?"

"किस बात का दूसरा पक्ष?"

"Die Seite des Pilzes!" sagte die Raupe

"मशरूम का किनारा," कैटरपिलर ने कहा

Es war, als hätte sie ihre Frage laut gestellt

यह ऐसा था जैसे उसने अपना सवाल जोर से पूछा हो

und im nächsten Augenblick war er außer Sichtweite

और एक और पल में, वह दृष्टि से बाहर था

Alice blieb stehen und betrachtete den Pilz nachdenklich

एलिस मशरूम को सोच-समझकर देखती रही

Sie versuchte herauszufinden, welche die beiden Seiten des Pilzes waren

वह यह पता लगाने की कोशिश कर रही थी कि मशरूम के दो पहलू कौन से हैं

Endlich streckte sie ihre Arme um den Pilz

अंत में उसने मशरूम के चारों ओर अपनी बाहें फैलाईं

und sie brach ein Stück der Ränder ab

और उसने किनारों को थोड़ा तोड़ दिया

»Und nun, welche Seite ist welche?« fragte sie sich

"और अब, कौन सा पक्ष है?" उसने खुद से कहा

und sie knabberte ein wenig von dem Stück der rechten Hand

और उसने दाहिने हाथ के बिट को थोड़ा सा कुतर दिया

Im nächsten Augenblick spürte sie einen heftigen Schlag unter ihrem Kinn

अगले ही पल उसे अपनी ठुड्डी के नीचे एक जोरदार झटका महसूस हुआ

Ihr Kinn hatte ihren Fuß getroffen!

उसकी ठुड्डी उसके पैर से टकरा गई थी!

Sie war sehr erschrocken über diese sehr plötzliche Veränderung

वह इस अचानक बदलाव से काफी डर गई थी

Sie schrumpfte sehr schnell

वह बहुत तेजी से सिकुड़ रही थी

Also aß sie schnell etwas von dem anderen Stück Pilz

इसलिए उसने जल्दी से मशरूम के कुछ अन्य टुकड़े खा लिए

Ihr Kinn war sehr eng gegen ihren Fuß gepresst

उसकी ठोड़ी उसके पैर के खिलाफ बहुत बारीकी से दबाई गई थी

Es war kaum Platz, um den Mund aufzumachen

उसके मुंह को खोलने के लिए मुश्किल से जगह थी

aber schließlich gelang es ihr, den Mund aufzumachen

लेकिन उसने आखिरकार अपना मुंह खोलने का प्रबंधन किया

und sie schluckte einen Bissen von dem linken Stück

और उसने बाएं हाथ का एक निवाला निगल लिया

»mein Kopf ist endlich frei!« sagte Alice

"मेरा सिर आखिरकार मुक्त हो गया है!" एलिस ने कहा

Sie blickte an sich herunter

उसने खुद को नीचे देखा

aber alles, was sie sehen konnte, war ein ungeheurer Hals

लेकिन वह केवल गर्दन की एक विशाल लंबाई देख सकती थी

Ihr Hals schien sich wie ein Stiel zu erheben

उसकी गर्दन डंठल की तरह उठती हुई लग रही थी

Und sie blickte auf ein Meer von grünen Blättern hinab

और वह हरी पत्तियों के समुद्र पर नीचे देखा

"Wo sind meine Schultern geblieben?"

"मेरे कंधे कहाँ तक पहुँच गए हैं?"

»Und ach, meine armen Hände, wie kommt es, daß ich euch nicht sehen kann?«

"और ओह, मेरे गरीब हाथ, यह कैसे है कि मैं आपको नहीं देख सकता?"

Aber ihr Hals hatte einen Vorteil

लेकिन उसकी गर्दन का एक फायदा था

Sie konnte ihren Kopf in jede Richtung bewegen

वह अपना सिर किसी भी दिशा में ले जा सकता था

Tatsächlich war sie wie eine Schlange

वास्तव में, वह एक सर्प की तरह थी

Sie senkte anmutig ihren Kopf im Zickzack

उसने इनायत से अपना सिर नीचे कर लिया

Und sie bewegte ihren Kopf durch die Bäume

और उसने अपना सिर पेड़ों के बीच से घुमाया

Aber dann hörte sie ein scharfes Zischen

लेकिन फिर उसने एक तेज फुफकार सुनी

Und sie zog schnell den Kopf zurück

और उसने जल्दी से अपना सिर पीछे खींच लिया

Eine große Taube war ihr ins Gesicht geflogen

एक बड़ा कबूतर उसके चेहरे पर उड़ गया था

und die Taube fuhr mit den Flügeln heftig zusammen

और कबूतर अपने पंखों के साथ हिंसक था

»Schlange!« rief die Taube

"सर्प!" कबूतर चिल्लाया

"Ich bin keine Schlange!" sagte Alice entrüstet

"मैं एक नागिन नहीं हूँ!" अलाइस ने गुस्से में कहा

"Laß mich in Ruhe!"

"मुझे अकेला छोड़ दो!"

"Ich habe die Wurzeln von Bäumen ausprobiert"

"मैंने पेड़ों की जड़ों की कोशिश की है"

"Und ich habe es mit Hecken versucht", fuhr die Taube fort

"और मैंने हेजेज की कोशिश की है," कबूतर चला गया

»Aber diese Schlangen! Man kann es ihnen nicht recht machen!"

"लेकिन वे सांप! उन्हें कोई प्रसन्न नहीं करता है!

Alice war immer verwirrter

ऐलिस अधिक से अधिक हैरान थी

"Als ob es nicht schon Mühe genug wäre, die Eier auszubrüten!" sagte die Taube

कबूतर ने कहा, "जैसे कि अंडे सेने में काफी परेशानी नहीं हुई

"Tag und Nacht muss ich mich auch vor Schlangen in Acht nehmen!"

"रात और दिन मुझे सांपों की भी तलाश करनी चाहिए!"

"Ich hatte gerade den höchsten Baum im Wald gefunden"

"मुझे जंगल में सबसे ऊंचा पेड़ मिला था"

"Wäre ich hier sicher frei von Schlangen?"

"निश्चित रूप से मैं यहाँ नागों से मुक्त हो जाऊंगा?"

"Und heraus kommt eine Schlange vom Himmel!"

"और आकाश से एक सांप निकलता है!"

"Aber ich bin keine Schlange, sage ich dir!" sagte Alice

"लेकिन मैं एक नागिन नहीं हूँ, मैं आपको बताता हूँ!" अलाइस ने कहा

"Ich bin ein... Ich bin ein... Ich bin ein kleines Mädchen«, fügte sie etwas zweifelnd hinzu

"मैं एक हूँ ... मैं एक... मैं एक छोटी लड़की हूँ, "उसने संदेह से कहा

Schließlich hatte sie viele Veränderungen durchgemacht

आखिरकार, वह बहुत सारे बदलावों से गुजर रही थी

"Du suchst Eier!" sagte die Taube

"आप अंडे की तलाश कर रहे हैं," कबूतर ने कहा

"Das weiß ich mit Sicherheit"

"मुझे पता है कि एक तथ्य के लिए"

"Und was macht es aus, ob du ein kleines Mädchen oder eine Schlange bist?"

"और इससे क्या फर्क पड़ता है कि आप एक छोटी लड़की या सर्प हैं?"

»Es liegt mir sehr viel daran,« sagte Alice hastig

"यह मेरे लिए एक अच्छा सौदा है," एलिस ने जल्दबाजी में कहा

"Aber ich bin nicht auf der Suche nach Eiern, wie es der Zufall will"

"लेकिन मैं अंडे की तलाश नहीं कर रहा हूं, जैसा कि होता है"

"Und ich würde deine Eier sowieso nicht wollen"

"और मुझे वैसे भी आपके अंडे नहीं चाहिए"

"Ich mag meine Eier nicht roh"

"मुझे अपने अंडे कच्चे पसंद नहीं हैं"

»Nun, dann fort!« sagte die Taube in mürrischem Tone

"ठीक है, तो चले जाओ!" कबूतर ने उदास स्वर में कहा

und die Taube ließ sich wieder in ihrem Nest nieder

और कबूतर फिर से अपने घोंसले में बैठ गया

Alice kauerte sich zwischen die Bäume, so gut sie konnte

एलिस पेड़ों के बीच नीचे झुकी के रूप में अच्छी तरह के रूप में वह कर सकता है

Ihr Hals verfing sich immer wieder zwischen den Ästen

उसकी गर्दन शाखाओं के बीच उलझती चली गई

Hin und wieder musste sie anhalten und ihren Hals aufdrehen

हर अब और फिर उसे रुकना पड़ा और उसकी गर्दन को खोलना पड़ा

Nach einer Weile erinnerte sie sich an den Pilz

थोड़ी देर बाद उसे मशरूम की याद आई

Sie hielt die Pilzstücke noch immer in ihren Händen

उसने अभी भी मशरूम के टुकड़े अपने हाथों में पकड़े हुए थे

Und sie machte sich sehr vorsichtig an die Arbeit

और वह बहुत सावधानी से काम करने के लिए तैयार हो गई

Zuerst knabberte sie an einem Stück

पहले उसने एक टुकड़े पर कुतरना शुरू कर दिया

Und dann knabberte sie an dem anderen Stück

और फिर वह दूसरे टुकड़े पर कुतरने लगी

Manchmal wurde sie größer

कभी-कभी वह लंबी हो जाती थी

und manchmal wurde sie kleiner

और कभी-कभी वह छोटी हो जाती थी

Aber schließlich erreichte sie ihre übliche Größe

लेकिन आखिरकार उसने अपनी सामान्य ऊंचाई हासिल कर ली

Sie war schon seit einiger Zeit nicht mehr so groß wie sie selbst

वह कुछ समय के लिए अपनी खुद की ऊंचाई नहीं थी

So fühlte sich alles eine Zeit lang seltsam an

तो थोड़ी देर के लिए सब कुछ अजीब लगा

"Das nächste, was zu tun ist, ist, in diesen schönen Garten zu gehen"

"अगली बात यह है कि उस खूबसूरत बगीचे में जाना है"

»wie soll man das machen?«

"यह कैसे किया जाना है, मुझे आश्चर्य है?"

Während sie dies sagte, stieß sie auf einen offenen Platz

यह कहते हुए वह एक खुली जगह पर आ गई

Da war ein kleines Haus, etwas höher als einen Meter

एक छोटा सा घर था, एक मीटर से थोड़ा ऊंचा

"Ich frage mich, wer in diesem kleinen Haus wohnt"

"मुझे आश्चर्य है कि इस छोटे से घर में कौन रहता है"

"So groß wie ich bin, kann ich sicher nicht reingehen"

"मैं निश्चित रूप से उतना बड़ा नहीं जा सकता जितना मैं हूं"

"Ich würde sie fürchterlich erschrecken!"

"मैं उन्हें बहुत डराऊंगा!"

Also knabberte sie wieder an dem kleinen Pilz

इसलिए उसने फिर से छोटे मशरूम को कुतर दिया

Und bald brachte sie sich dreißig Zentimeter tief

और जल्द ही उसने खुद को तीस सेंटीमीटर नीचे लाया

Ein Schwein und etwas Pfeffer
एक सुअर और कुछ काली मिर्च

Ein oder zwei Minuten lang stand sie da und betrachtete das Haus

एक-दो मिनट तक वह घर को देखती रही

Plötzlich kam ein Lakai aus dem Walde gerannt

अचानक एक पादरी जंगल से भागता हुआ आया

Er trug eine spezielle Livree-Uniform

उसने स्पेशल लिबास की वर्दी पहन रखी थी

Seinem Gesicht nach zu urteilen, hätte sie ihn einen Fisch genannt

केवल उसके चेहरे को देखते हुए, वह उसे मछली कहती,

und er klopfte laut mit den Fingerknöcheln an die Tür

और उसने अपने पोर से दरवाजे पर जोर से चिल्लाया

Die Tür wurde von einem anderen Lakaien geöffnet

दरवाजा एक अन्य पादरी ने खोला

Auch dieser Lakai trug eine besondere Livree

इस फुटमैन ने भी एक खास लिबास पहना हुआ था

Dieser Lakai hatte ein rundes Gesicht und große Augen wie ein Frosch

इस फुटमैन का गोल चेहरा और मेंढक की तरह बड़ी-बड़ी आंखें थीं

Der Lakai, der wie ein Fisch aussah, leitete die Zeremonie ein

मछली की तरह दिखने वाले फुटमैन ने समारोह की शुरुआत की

Er zog etwas unter seinem Arm hervor

उसने अपनी बांह के नीचे से कुछ निकाला

Und er zog unter seinem Arm einen Umschlag hervor

और उसने अपनी बांह के नीचे से एक लिफाफा निकाला

und diesen Umschlag übergab er dem andern Lakaien

और यह लिफाफा उसने दूसरे पादरी को सौंप दिया

In zeremoniellem Tone teilte er ihm die Befehle mit

एक औपचारिक स्वर में उसने उसे आदेश बताया

"Diese Botschaft ist für die Herzogin"

"यह संदेश डचेस के लिए है"

"Eine Einladung der Königin zum Krocketspielen"

"क्रोकेट खेलने के लिए रानी से एक निमंत्रण"

Der Lakai, der wie ein Frosch aussah, wiederholte den Befehl

मेंढक की तरह दिखने वाले पादरी ने आदेश दोहराया

"Von der Königin"

"रानी से"

"Eine Einladung"

"एक निमंत्रण"

"für die Herzogin"

"डचेस के लिए"

"Krocket spielen"

"क्रोकेट बजाना"

Dann verbeugten sie sich beide tief

फिर वे दोनों झुक गए

und die Locken in ihren Perücken verwickelten sich ineinander

और उनके विग में कर्ल एक साथ उलझ गए
Bald war der Lakai, der wie ein Fisch aussah, verschwunden
जल्द ही मछली की तरह दिखने वाला फुटमैन चला गया
Aber der Lakai, der wie ein Frosch aussah, war immer noch
da
लेकिन मेंढक की तरह दिखने वाला पादरी अभी भी वहीं था
Er saß auf dem Boden in der Nähe der Tür
वह दरवाजे के पास जमीन पर बैठा था
Er starrte dumm in den Himmel
वह मूर्खतापूर्ण ढंग से आकाश में घूर रहा था
Alice ging schüchtern zur Tür und klopfte
एलिस डरते-डरते दरवाजे तक गई और दस्तक दी
»Es hat keinen Zweck, anzuklopfen,« sagte der Lakai
"खटखटाने का कोई फायदा नहीं है," पादरी ने कहा
"Und das aus zwei Gründen"
"और यह दो कारणों से है"
"Erstens, weil ich auf der gleichen Seite der Tür stehe wie
du"
"सबसे पहले, क्योंकि मैं दरवाजे के उसी तरफ हूं जैसे आप हैं"
"Zweitens, weil sie drinnen so viel Lärm machen"
"दूसरी बात, क्योंकि वे अंदर इतना शोर कर रहे हैं"
"Niemand könnte dich hören"
"कोई भी संभवतः आपको नहीं सुन सकता है"
Und es war gewiß ein höchst merkwürdiger Lärm im Innern
और निश्चित रूप से भीतर एक सबसे असाधारण शोर चल
रहा था
ein ständiges Heulen und Niesen
लगातार चीखना और छींकना
und ab und zu ein Geräusch von großem Krachen
और हर अब और फिर महान दुर्घटनाग्रस्त होने की आवाज
als ob eine Schüssel oder ein Wasserkocher in Stücke

zerbrochen wäre

जैसे कि एक डिश या केतली को टुकड़ों में तोड़ दिया गया हो

"Wie soll ich da reinkommen?" fragte Alice

"मैं अंदर कैसे जाऊं?" अलाइस ने पूछा

»Wollen Sie überhaupt hineinkommen?« fragte der Lakai

"क्या आपको बिल्कुल भी अंदर जाना चाहिए?" पादरी ने कहा

"Das ist die erste Frage, weißt du"

"यह पहला सवाल है, आप जानते हैं"

Alice öffnete die Tür und trat ein

अलाइस ने दरवाजा खोला और अंदर चली गई

Die Tür führte direkt in eine große Küche

दरवाजा सीधे एक बड़ी रसोई में ले जाता था

Die Küche war von einem Ende bis zum anderen voller
Rauch

रसोई एक छोर से दूसरे छोर तक धुएं से भरी हुई थी

in der Mitte der Küche saß die Herzogin

रसोई के बीच में डचेस था

Sie saß auf einem dreibeinigen Hocker

वह तीन टांगों वाले स्टूल पर बैठी थी

und sie stillte ein Baby

और वह एक बच्चे को दूध पिला रही थी

Die Köchin beugte sich über das Feuer

रसोइया आग पर झुक रहा था

Er rührte einen großen Kessel

वह एक बड़े कैल्ड्रॉन को हिला रहा था

und der Kessel schien mit Suppe gefüllt zu sein

और कैलड्रॉन सूप से भरा हुआ लग रहा था

"Da ist sicher zu viel Pfeffer drin!" sagte Alice zu sich selbst

"उस सूप में निश्चित रूप से बहुत अधिक काली मिर्च है!" "
अलाइस ने खुद से कहा

Sie sagte es, so gut sie konnte, ohne zu niesen

उसने कहा कि यह सबसे अच्छा वह छींकने के बिना कर सकती थी

Sogar die Herzogin nieste gelegentlich

यहां तक कि डचेस भी कभी-कभी छींकते थे

Aber die Handlungen des Babys waren am bemerkenswertesten

लेकिन बच्चे की हरकतें सबसे उल्लेखनीय थीं

Das Baby nieste und heulte abwechselnd

बच्चा बारी-बारी से छींक रहा था और चिल्ला रहा था

Es gab keinen Augenblick Pause zwischen Heulen und Niesen

चीखने और छींकने के बीच एक पल का ठहराव नहीं था

Es gab zwei Kreaturen in der Küche, die nicht niesten

रसोई में दो जीव थे जो छींकते नहीं थे

Die Köchin war zu beschäftigt, um zu niesen

रसोइया छींकने में बहुत व्यस्त था

Und die große Katze schien sich nicht an dem Pfeffer zu stören

और बड़ी बिल्ली को काली मिर्च से कोई फर्क नहीं पड़ता था

Stattdessen grinste die große Katze von einem Ohr zum anderen

इसके बजाय, बड़ी बिल्ली कान से कान तक मुस्कुरा रही थी

»Bitte, würdest du es mir sagen,« sagte Alice ein wenig schüchtern

"कृपया आप मुझे बताएंगे," अलाइस ने कहा, थोड़ा डरपोक

"Warum grinst deine Katze so?"

"आपकी बिल्ली इस तरह क्यों मुस्कुरा रही है?

»Es ist eine Cheshire-Katze,« sagte die Herzogin

"यह एक चेशायर-बिल्ली है," डचेस ने कहा

"Und deshalb grinst er von Ohr zu Ohr"

"और इसीलिए वह कान से कान तक मुस्कुरा रहा है"

"Ich wusste nicht, dass eine Cheshire-Katze immer grinst"

"मुझे नहीं पता था कि एक चेशायर-कैट हमेशा मुस्कुराती है"

"Eigentlich wusste ich nicht, dass Katzen grinsen können", sagte Alice

"वास्तव में, मुझे नहीं पता था कि बिल्लियाँ मुस्कुरा सकती हैं," एलिस ने कहा

»Es gibt vieles, was Sie nicht wissen,« sagte die Herzogin

"बहुत कुछ है जो आप नहीं जानते हैं," डचेस ने कहा

"Es gibt vieles, was man nicht weiß, und das ist eine Tatsache"

"ऐसा बहुत कुछ है जो आप नहीं जानते हैं, और यह एक तथ्य है"

In diesem Augenblick nahm die Köchin den Kessel mit der Suppe vom Feuer

तभी रसोइये ने सूप के कैलड्रॉन को आग से उतार लिया

Und sogleich fing sie an, alles in ihre Reichweite zu werfen

और एक बार में उसने सब कुछ अपनी पहुंच के भीतर फेंकना शुरू कर दिया

sie warf alles, was sie konnte, auf die Herzogin und das Baby

उसने डचेस और बेब पर वह सब कुछ फेंक दिया जो वह कर सकती थी

Zuerst warf sie die Feuereisen

पहले उसने फायर-आयरन फेंका

Dann warf sie eine Handvoll Töpfe

फिर उसने मुट्ठी भर सॉस पैन फेंक दिया

und schließlich warf sie die Teller und Schüsseln

और अंत में उसने प्लेटें और बर्तन फेंक दिए

Die Herzogin nahm keine Notiz von ihr

डचेस ने उस पर कोई ध्यान नहीं दिया

Selbst als sie von einem Teller getroffen wurde, machte sie sich keine Sorgen

यहां तक कि जब वह एक प्लेट से मारा गया था तो उसने चिंता नहीं की

Das Baby heulte schon so viel

बच्चा पहले से ही बहुत चिल्ला रहा था

Es war also unmöglich zu sagen, ob die Schläge das Baby verletzt haben oder nicht

इसलिए यह कहना असंभव था कि वार ने बच्चे को चोट पहुंचाई या नहीं

"Oh, gib bitte acht, was du tust!" rief Alice

"ओह, कृपया ध्यान दें कि आप क्या कर रहे हैं!" अलाइस रोया

und sie sprang in Todesangst des Entsetzens auf und ab

और वह आतंक की पीड़ा में ऊपर और नीचे कूद गई

die Herzogin bot Alice das Baby an

डचेस ने ऐलिस को बच्चे की पेशकश की

»Hier! Du kannst das Kind ein wenig stillen, wenn du willst!«

"यहाँ! आप चाहें तो बच्चे को थोड़ा दूध पिला सकते हैं!"

Und sie schleuderte das Kind nach ihr, während sie sprach

और बोलते हुए उसने बच्चे को उसकी ओर उछाल दिया

"Ich muss gehen und mich darauf vorbereiten, mit der Königin Krocket zu spielen"

"मुझे जाना चाहिए और रानी के साथ क्रोकेट खेलने के लिए तैयार होना चाहिए"

und sie eilte aus dem Zimmer

और वह जल्दी से कमरे से बाहर निकल गई

Alice fing das Baby mit einiger Mühe auf

एलिस ने बच्चे को कुछ कठिनाई से पकड़ा

weil es ein sehr seltsam geformtes kleines Wesen war

क्योंकि यह एक बहुत ही अजीब आकार का छोटा प्राणी था

Und das Kind streckte seine Arme und Beine nach allen

Richtungen aus

और बच्चे ने अपने हाथ और पैर सभी दिशाओं में फैला दिए

"Das Kind nehme ich lieber mit!" dachte Alice

"बेहतर होगा कि मैं इस बच्चे को अपने साथ ले जाऊं," एलिस ने सोचा

"Sie werden dieses Baby sicher in ein oder zwei Tagen töten"

"वे एक या दो दिन में इस बच्चे को मारने के लिए निश्चित हैं"

"Wäre es nicht Mord, dieses Baby zurückzulassen?"

"क्या इस बच्चे को पीछे छोड़ना हत्या नहीं होगी?"

Sie sprach die letzten Worte laut aus

उसने आखिरी शब्द जोर से कहे

Und das kleine Ding grunzte als Antwort

और छोटी सी बात जवाब में बड़बड़ाई

"Du verwandelst dich am besten nicht in ein Schwein, meine Liebe!" sagte Alice

"आप सबसे अच्छा एक सुअर में नहीं बदल जाते हैं, मेरे प्रिय," एलिस ने कहा

"sonst habe ich nichts mehr mit dir zu tun"

"वरना मुझे तुमसे और कुछ नहीं लेना होगा"

Alice fing eben an, bei sich selbst zu denken:

ऐलिस सिर्फ खुद को सोचने लगी थी:

»Nun, was soll ich mit diesem Geschöpf anfangen, wenn ich es nach Hause bringe?«

"अब, मैं इस प्राणी के साथ क्या करूँ, जब मैं इसे घर ले जाऊँ?"

Aber dann grunzte das kleine Geschöpf ein wenig heftig

लेकिन फिर छोटे प्राणी ने थोड़ा हिंसक रूप से घुरघुराया

und Alice sah ihm erschrocken ins Gesicht

और अलाइस ने कुछ अलार्म में उसके चेहरे को देखा

Diesmal konnte es keinen Irrtum geben

इस बार इसमें कोई गलती नहीं हो सकती

Es war nicht mehr und nicht weniger als ein Schwein

यह न तो सुअर से ज्यादा था और न ही कम

Da setzte sie das kleine Geschöpf ab

इसलिए उसने छोटे जीव को नीचे रख दिया

und das kleine Geschöpf trabte leise in den Wald hinein

और छोटा प्राणी चुपचाप जंगल में चला गया

Alice war ziemlich erleichtert, als sie die Kreatur verschwinden sah

प्राणी को जाते हुए देखकर ऐलिस को काफी राहत महसूस हुई

Alice erschrak ein wenig, als sie die Cheshire-Katze sah

चेशायर-कैट को देखकर एलिस थोड़ा चौंक गई

Er saß auf einem Ast eines Baumes, ein paar Meter entfernt

यह कुछ गज की दूरी पर एक पेड़ की टहनी पर बैठा था

Die Katze grinste nur, als sie sie sah

बिल्ली उसे देखते ही मुस्कुरा दी

»Cheshire-Katze,« begann Alice etwas schüchtern

"चेशायर-बिल्ली," अलाइस ने शुरू किया, बल्कि डरपोक

»Würden Sie mir bitte sagen, welchen Weg ich von hier aus einschlagen soll?«

"क्या आप कृपया मुझे बताएंगे कि मुझे यहाँ से किस रास्ते से जाना चाहिए?

"In diese Richtung", sagte die Katze

"उस दिशा में," बिल्ली ने कहा

Und er fuchtelte mit der rechten Pfote herum

और इसने दाहिना पंजा इधर-उधर लहराया

"In dieser Richtung lebt ein Hutmacher"

"उस दिशा में टोपी का एक निर्माता रहता है"

Und dann winkte die Katze mit der anderen Pfote

और फिर बिल्ली ने अपना दूसरा पंजा लहराया

"Und in dieser Richtung wohnt ein Märzhase"

"और उस दिशा में एक मार्च खरगोश रहता है"

»Besuchen Sie, wen Sie wollen; Sie sind beide verrückt"

"या तो आप की तरह पर जाएँ; वे दोनों पागल हैं "

»Aber ich will nicht unter Verrückte gehen«, bemerkte Alice

"लेकिन मैं पागल लोगों के बीच नहीं जाना चाहता," एलिस ने टिप्पणी की

"Ach, dafür kannst du nicht helfen!" sagte die Katze

"ओह, आप इसकी मदद नहीं कर सकते," बिल्ली ने कहा

"Wir sind alle verrückt hier"

"हम सब यहाँ पागल हैं"

"Spielst du heute Krocket mit der Queen?"

"क्या आप आज रानी के साथ क्रोकेट खेल रहे हैं?"

"Das würde ich sehr gerne!" sagte Alice

"मैं बहुत पसंद करूंगा," एलिस ने कहा

"aber ich bin noch nicht eingeladen worden"

"लेकिन मुझे अभी तक आमंत्रित नहीं किया गया है"

"Du wirst mich dort sehen!" sagte die Katze

"तुम मुझे वहाँ देखोगे," बिल्ली ने कहा

Und von einem Augenblick auf den anderen verschwand die Katze

और एक पल से अगले पल तक बिल्ली गायब हो गई

bald kam Alice in Sichtweite des Hauses des Märzhasen

जल्द ही ऐलिस को मार्च हरे के घर की दृष्टि मिली

Das war ein sehr großes Haus

यह एक बहुत बड़ा घर था

Alice wollte also nicht in die Nähe des Hauses gehen

इसलिए ऐलिस घर के पास नहीं जाना चाहती थी

Zuerst musste sie noch etwas von dem linken Stück Pilz knabbern

पहले उसे मशरूम के बाईं ओर के बिट में से कुछ और

कुतरना पड़ा

Eine verrückte Teeparty

एक पागल चाय-पार्टी

Vor dem Haus stand ein Baum

घर के सामने एक पेड़ था

Und unter dem Baum stand ein Tisch

और पेड़ के नीचे एक मेज थी

und der Tisch war mit allerlei Besteck gedeckt

और टेबल को सभी प्रकार के कटलरी के साथ सेट किया गया था

Der Märzhase und der Hutmacher saßen bei Tisch

मार्च हरे और टोपी निर्माता मेज पर थे

und zusammen tranken sie Tee

और साथ में चाय पी रहे थे

Ein Siebenschläfer saß zwischen ihnen

उनके बीच एक डोरमाउस बैठा था

und der Siebenschläfer schlief fest

और डोरमाउस गहरी नींद में सो रहा था

Der Tisch war von außergewöhnlicher Größe

टेबल असाधारण आकार की थी

Aber der größte Teil des Tisches war unbesetzt

लेकिन मेज का अधिकांश हिस्सा खाली था

Sie saßen dicht gedrängt an einer Ecke des Tisches

वे मेज के एक कोने में एक साथ बैठे थे

und doch entschuldigten sie sich, als sie Alice sahen

और फिर भी उन्होंने ऐलिस को देखते ही बहाने बना दिए

»Kein Platz! Kein Platz!« schrien sie

"कोई कमरा नहीं! कोई कमरा नहीं!" वे चिल्लाए

»Es ist viel Platz!« sagte Alice entrüstet

"बहुत जगह है!" अलाइस ने गुस्से में कहा
An einem Ende des Tisches stand« ein großer Sessel
मेज के एक छोर पर एक बड़ी आर्म-चेयर थी
und Alice setzte sich in den Sessel
और एलिस खुद कुर्सी पर बैठ गई
Der Hutmacher riss die Augen weit auf
टोपी बनाने वाले ने अपनी आँखें बहुत चौड़ी खोलीं
Er konnte nicht glauben, was er da sah
वह विश्वास नहीं कर सकता था कि वह क्या देख रहा था
aber sein Geist war neugierig auf andere Dinge
लेकिन उसका मन अन्य चीजों के बारे में उत्सुक था
»Warum ist ein Rabe wie ein Schreibtisch?«
"एक रैवेन एक लेखन-डेस्क की तरह क्यों है?"
Alice war offen für die Herausforderung
ऐलिस चुनौती के लिए खुला था
"Ich bin froh, dass sie angefangen haben, Rätsel zu stellen"
"मुझे खुशी है कि उन्होंने पहेलियों से पूछना शुरू कर दिया है"
»Ich glaube, das kann ich erraten«, fügte sie laut hinzu
"मुझे विश्वास है कि मैं अनुमान लगा सकता हूं," उसने जोर
से जोड़ा
Der Märzhase wurde neugierig auf Alice
मार्च खरगोश ऐलिस के बारे में उत्सुक हो गया
"Glaubst du wirklich, dass du die Antwort finden kannst?"
"क्या आपको सच में लगता है कि आप जवाब पा सकते हैं?
»Ich glaube, ich kann die Antwort finden,« sagte Alice
"मुझे लगता है कि मुझे वास्तव में जवाब मिल सकता है,"
एलिस ने कहा
»Dann sollst du sagen, was du meinst,« fuhr der Märzhase
fort
"तो फिर आपको कहना चाहिए कि आपका क्या मतलब है,"
मार्च हरे चला गया

»Ich sage, was ich meine,« erwiderte Alice hastig

"मैं कहता हूं कि मेरा क्या मतलब है," एलिस ने जल्दबाजी में जवाब दिया

"Zumindest meine ich ernst, was ich sage"

"कम से कम मेरा मतलब है कि मैं क्या कहता हूं"

"Das ist dasselbe, weißt du"

"यह वही बात है, आप जानते हैं"

Auch der Siebenschläfer trug zu dem Gespräch bei

डोरमाउस ने भी बातचीत में योगदान दिया

Aber der Siebenschläfer schien im Schlaf zu sprechen

लेकिन डोरमाउस अपनी नींद में बात कर रहा था

"Ich atme, wenn ich schlafe"

"जब मैं सोता हूं तो मैं सांस लेता हूं"

"Ich schlafe, wenn ich atme!"

"जब मैं सांस लेता हूं तो मैं सोता हूं!"

"Man könnte genauso gut sagen, dass sie auch gleich sind"

"आप यह भी कह सकते हैं कि वे भी वही हैं"

"So ist es auch bei dir!" sagte der Hutmacher

"आपके साथ भी ऐसा ही है," टोपी बनाने वाले ने कहा

und er goß ein wenig Tee über die Nase des Siebenschläfers

और उसने डोरमाउस की नाक पर थोड़ी सी चाय डाली

Das Murmelthier schüttelte ungeduldig den Kopf

डोरमाउस ने अधीरता से अपना सिर हिला दिया

Und wieder sprach das Murmelmaus, ohne die Augen zu öffnen

और फिर से डोरमाउस ने अपनी आँखें खोले बिना बात की

"Natürlich, natürlich ist es dasselbe"

"बेशक, निश्चित रूप से यह वही है"

"Das wollte ich ja auch sagen"

"बस यही मैं खुद कहने जा रहा था"

Der Hutmacher wandte sich an Alice und stellte eine weitere Frage

टोपी निर्माता ऐलिस की ओर मुड़ा और एक और सवाल पूछा

"Hast du das Rätsel schon erraten?"

"क्या आपने अभी तक पहेली का अनुमान लगाया है?"

"Nein, ich gebe auf", gab Alice zu

"नहीं, मैं हार मानता हूं," ऐलिस ने स्वीकार किया

"Was ist die Antwort?", wollte sie wissen

"जवाब क्या है?" उसने जानना चाहा

»Ich habe nicht die geringste Ahnung,« sagte der Hutmacher

"मुझे जरा भी अंदाजा नहीं है," टोपी बनाने वाले ने कहा

"Ich weiß es auch nicht!" sagte der Märzhase

"न ही मुझे पता है," मार्च खरगोश ने कहा

Alice stieß einen müden Seufzer aus

अलाइस ने एक थकी हुई आह भरी

"Es gibt eine bessere Nutzung der Zeit als Rätsel ohne

Antworten"

"बिना जवाब के पहेलियों की तुलना में समय का बेहतर उपयोग होता है"

»Trinken Sie noch etwas Tee,« sagte der Märzhase sehr ernst zu Alice

"कुछ और चाय लो," मार्च खरगोश ने एलिस से कहा, बहुत ईमानदारी से

Alice war ziemlich beleidigt über das Angebot

ऐलिस प्रस्ताव से काफी नाराज थी

»Ich habe noch keinen Tee getrunken,« erwiderte Alice

"मैंने अभी तक चाय नहीं पी है," अलाइस ने जवाब दिया

"Deshalb kann ich keinen Tee mehr trinken"

"इसलिए मैं और चाय नहीं पी सकता"

»Du meinst, weniger Tee kannst du nicht haben«, sagte der Hutmacher

"तुम्हारा मतलब है कि तुम कम चाय नहीं पी सकते," टोपी बनाने वाले ने कहा

"Es ist sehr einfach, mehr als nichts zu nehmen"

"कुछ भी नहीं से अधिक लेना बहुत आसान है"

Bei diesen Worten erhob sich Alice und ging fort

इस पर, एलिस उठी और चली गई

Der Siebenschläfer schlief augenblicklich ein

डोरमाउस तुरंत सो गया

und keiner der andern nahm die geringste Notiz davon, daß sie ging

और दूसरों में से किसी ने भी उसके जाने की कम से कम सूचना नहीं ली

obwohl sie ein- oder zweimal zurückblickte

हालांकि उसने एक-दो बार पीछे मुड़कर देखा

Sie versuchten, den Siebenschläfer in die Teekanne zu stecken

वे डोरमाउस को चाय-पॉट में डालने की कोशिश कर रहे थे

"Jedenfalls werde ich nie wieder dorthin gehen!" sagte Alice

"किसी भी दर पर, मैं फिर कभी वहां नहीं जाऊंगा!" एलिस ने कहा

Und sie ging ihren Weg durch den Wald

और वह जंगल के माध्यम से अपना रास्ता चला गया

"Das war die dümmste Teeparty, auf der ich je war"

"यह सबसे बेवकूफ चाय-पार्टी थी जो मैंने कभी की है"

Gerade als sie das sagte, bemerkte sie etwas

जैसे ही उसने यह कहा, उसने कुछ देखा

Einer der Bäume hatte eine Tür, die direkt hineinführte

पेड़ों में से एक में एक दरवाजा था जो सीधे अंदर जाता था

»Das ist sehr interessant!« dachte sie

"यह बहुत दिलचस्प है!" उसने सोचा

"Ich denke, ich kann genauso gut durch die Tür gehen"

"मुझे लगता है कि मैं दरवाजे के माध्यम से भी जा सकता हूं"

Und durch die Tür ging sie

और दरवाजे के माध्यम से वह चला गया

Wieder befand sie sich in der langen Halle

एक बार फिर उसने खुद को लंबे हॉल में पाया

Wieder stand sie dicht an dem kleinen Glastisch

फिर से वह छोटी कांच की मेज के करीब थी

Sie nahm den kleinen goldenen Schlüssel

उसने छोटी सुनहरी चाबी ली

und sie schloß die Tür auf, die in den Garten führte

और उसने उस दरवाजे को खोल दिया जो बगीचे में जाता था

Dann machte sie sich daran, an dem Pilz zu knabbern

फिर वह मशरूम पर कुतरने का काम करने के लिए तैयार हो गई

Sie hatte ein Stück des Pilzes in ihrer Tasche aufbewahrt

उसने मशरूम का एक टुकड़ा अपनी जेब में रखा था

Und schließlich war sie etwa einen Meter groß

और अंत में वह लगभग एक मीटर लंबी थी

dann ging sie den kleinen Korridor hinunter

फिर वह छोटे गलियारे से नीचे चली गई

Und dann fand sie sich endlich in dem schönen Garten
wieder

और फिर उसने आखिरकार खुद को सुंदर बगीचे में पाया

Und sie war zwischen den hellen Blumen und den kühlen
Springbrunnen

और वह चमकीले फूल और ठंडे फव्वारे के बीच थी

Der Krocketplatz der Königinnen
रानी का क्रोकेट ग्राउंड

Ein großer Rosenstrauch stand in der Nähe des Eingangs des Gartens

बगीचे के प्रवेश द्वार के पास एक बड़ा गुलाब का पेड़ खड़ा था

Die Rosen, die an dem Baum wuchsen, waren weiß

पेड़ पर उगने वाले गुलाब सफेद थे

aber es waren drei Gärtner, die die Rose bemalten

लेकिन गुलाब को पेंट करने वाले तीन माली थे

Sie waren damit beschäftigt, die Rosen rot zu färben

वे व्यस्त रूप से गुलाबों को लाल रंग से रंग रहे थे

und Alice sah zu, wie sie die Rosen rot färbten

और एलिस उन्हें गुलाब लाल रंग में रंगते हुए देख रही थी

und plötzlich fielen ihre Augen zufällig auf Alice

और अचानक उनकी आँखें ऐलिस पर पड़ने का मौका

Alice sprach ein wenig schüchtern

" अलाइस थोड़ा डरपोक होकर बोली

»Würden Sie es mir bitte sagen?«

"क्या आप मुझे बताएंगे, कृपया;"

"Warum malt ihr alle diese Rosen?"

"आप सभी उन गुलाबों को क्यों चित्रित कर रहे हैं?

Fünf und Sieben sagten nichts, sondern sahen zwei an

पांच और सात ने कुछ नहीं कहा, लेकिन दो को देखा

zwei Sprecher, mit leiser Stimme

दो बोले, धीमी आवाज में

»Nun, die Sache ist die, sehen Sie, gnädige Frau.«

"क्यों, तथ्य यह है, आप देखते हैं, महोदया"

"Das hier hätte ein roter Rosenstrauch sein sollen"

"यह यहाँ एक लाल गुलाब का पेड़ होना चाहिए था"

"Und wir haben aus Versehen einen weißen Rosenstrauch hineingesetzt"

"और हमने गलती से एक सफेद गुलाब का पेड़ डाल दिया"

"Wie Sie mir zustimmen würden, darf die Königin es nicht herausfinden"

"जैसा कि आप सहमत होंगे, रानी को पता नहीं लगाना चाहिए"

"Sonst würden wir uns allen die Köpfe abschneiden"

"वरना हम सब के सिर काट दिए जाते"

"Sie sehen also, gnädige Frau, wir tun unser Bestes"

"तो आप देखते हैं, मैडम, हम अपनी पूरी कोशिश कर रहे हैं"

Karte fünf hatte ängstlich über den Garten geschaut

कार्ड फाइव उत्सुकता से बगीचे में देख रहा था

In diesem Augenblick rief die fünfte Karte: "Die Königin! Die Königin!"

इतने में पाँच ने पुकारा, "रानी! रानी!"

und die drei Gärtner eilten augenblicklich davon

और तीनों माली तुरंत भाग गए

und sie warfen sich flach auf ihre Gesichter

और उन्होंने अपने आप को अपने चेहरे पर सपाट फेंक दिया

Man hörte das Geräusch vieler Schritte

कई कदमों की आवाज आ रही थी

Alice sah sich um, begierig darauf, die Königin zu sehen

एलिस ने चारों ओर देखा, रानी को देखने के लिए उत्सुक थी

Am Anfang des Zuges standen zehn Soldaten

जुलूस की शुरुआत में दस सैनिक थे

Ihre Hände und Füße waren in den Ecken

उनके हाथ-पैर कोनों में थे

und in ihren Händen und Füßen waren Keulen

और उनके हाथों और पैरों में क्लब थे

Als nächstes kamen die zehn Höflinge

इसके बाद दस दरबारी आए

die Höflinge waren über und über mit Diamanten

geschmückt

दरबारियों को चारों ओर हीरों से अलंकृत किया गया था

Nach den Höflingen kamen die königlichen Kinder

दरबारियों के आने के बाद शाही बच्चे आए

Es waren zehn der königlichen Kinder

शाही बच्चों में से दस थे

und alle königlichen Kinder waren mit Herzen geschmückt

और सभी शाही बच्चे दिलों से अलंकृत थे

Dann kamen die Gäste; Meist Könige und Königinnen

इसके बाद मेहमान आए; ज्यादातर राजा और रानी

und unter den Königen und Königinnen sah Alice jemanden

और राजाओं और रानी के बीच एलिस ने किसी को देखा

Sie sah wieder das weiße Kaninchen, das sie gejagt hatte

उसने फिर से उस सफेद खरगोश को देखा जिसका उसने पीछा किया था

Der Prozession folgte der Spitzbube der Herzen

बारात के पीछे-पीछे दिलों की नोक बज रही थी

Er trug die Krone des Königs

वह राजा का मुकुट ले जा रहा था

und die Krone des Königs lag auf einem purpurnen Samtkissen

और राजा का मुकुट लाल रंग के मखमल के कुशन पर था

Und dann kam das Ende dieser großen Prozession

और फिर इस भव्य जुलूस का अंत हुआ

Und da waren am Ende der König und die Königin der Herzen

और अंत में दिलों के राजा और रानी थे

der Zug kam Alice gegenüber

जुलूस ऐलिस के सामने आया

Und alle blieben stehen und sahen sie an

और वे सब रुक गए और उसे देखा

Und die Königin sprach streng: "Wer ist das?"

और रानी ने कठोर स्वर में कहा, "यह कौन है?"

Sie sagte es zum Herzknaben

उसने दिल की गुच्छा से कहा

aber er verbeugte sich nur und lächelte als Antwort

लेकिन वह जवाब में सिर्फ झुके और मुस्कुराए

Alice sprach sehr höflich

" अलाइस ने बहुत विनम्रता से बात की

"Mein Name ist Alice, also bitte, Eure Majestät"

"मेरा नाम ऐलिस है, इसलिए कृपया महामहिम"

Aber sie hatte andere Gedanken für sich

लेकिन उसके मन में कुछ और ही विचार थे

"Es ist doch nur ein Kartenspiel!"

"वे केवल ताश के पत्तों का एक पैकेट हैं, आखिरकार!"

»Kannst du Krocket spielen?« rief die Königin

"क्या आप क्रोकेट खेल सकते हैं?" रानी चिल्लाई

Die Frage war offenbar an Alice gerichtet

सवाल स्पष्ट रूप से ऐलिस के लिए था

"Ja!" sagte Alice laut

"हाँ!" अलाइस ने जोर से कहा

"Komm also spielen!" brüllte die Königin

"आओ तो खेलो!" रानी गरजी

sprach eine schüchterne Stimme zu Alice

एक डरपोक आवाज ने एलिस से बात की

"Es ist ein sehr schöner Tag!"

"यह एक बहुत अच्छा दिन है!"

Sie ging an dem weißen Kaninchen vorbei

वह सफेद खरगोश के पास से गुजर रही थी

und das weiße Kaninchen guckte ihr ängstlich ins Gesicht

और सफेद खरगोश उत्सुकता से उसके चेहरे में झांक रहा था

»ein sehr schöner Tag,« bestätigte Alice

"वास्तव में एक बहुत अच्छा दिन," एलिस ने पुष्टि की

»Wo ist die Herzogin?«

"डचेस कहाँ है?"

»Still! Still!" sagte das Kaninchen

"हश! चुप रहो!" खरगोश ने कहा

"Sie ist zum Tode verurteilt"

"वह फांसी की सजा के तहत है"

»Wofür wird sie hingerichtet?« fragte Alice

"उसे किस लिए मार डाला जा रहा है?" एलिस ने पूछा

"Sie hat der Königin die Ohren abgewetzt", begann das Kaninchen

"उसने रानी के कान खंगाले," खरगोश ने शुरू किया

schrie die Königin mit Donnerstimme

रानी गरज की आवाज में चिल्लाई

"Ran an eure Plätze!"

"अपनी जगह पर जाओ!"

Und die Leute rannten in alle Richtungen herum

और लोग चारों दिशाओं में इधर-उधर भागने लगे

Und sie fielen alle aneinander

और वे सब एक दूसरे से टकरा गए

Sie hatten sich jedoch in ein oder zwei Minuten beruhigt

हालांकि, वे एक या दो मिनट में शांत हो गए

Und dann begann das Spiel

और फिर खेल शुरू हुआ

Alice hatte noch nie einen so merkwürdigen Krocketplatz gesehen

ऐलिस ने ऐसा जिज्ञासु क्रोकेट ग्राउंड कभी नहीं देखा था

Das Gras bestand nur aus Graten und Furchen

घास सभी लकीरें और खांचे थे

Die Krocketbälle waren echte Igel

क्रोकेट गेंदें असली हेजहोग थीं

und die Schlägel waren echte Flamingos

और मैलेट असली राजहंस थे

und die Soldaten standen auf Händen und Füßen

और सैनिक अपने हाथ-पैरों पर खड़े हो गए

weil die Bögen aus ihren Körpern gemacht wurden

क्योंकि मेहराब उनके शरीर से बनाया गया था

Die Spieler spielten alle gleichzeitig

सभी खिलाड़ी एक साथ खेले

Niemand wartete, bis er an der Reihe war

किसी ने अपनी बारी का इंतजार नहीं किया

und jeder stritt sich mit jedem

और सभी ने सभी के साथ झगड़ा किया

und alle kämpften für die Igel

और सभी हेजहोग के लिए लड़ रहे थे

Bald geriet die Königin in eine wütende Leidenschaft

जल्द ही रानी एक उग्र जुनून में थी

Und sie fing an, herumzustampfen und zu schreien

और वो इधर-उधर मुहर लगाने लगी और चिल्लाने लगी

»Hacken Sie ihm den Kopf ab!«

"उसका सिर काट दो!"

"Hack ihr den Kopf ab!"

"उसका सिर काट दो!"

"Hackt ihnen alle Köpfe ab!"

"उनके सभी सिर काट दो!"

Wieder dachte Alice bei sich.

फिर से अलाइस ने मन ही मन सोचा

"Sie lieben es schrecklich, hier Menschen zu enthaupten"

"वे यहां लोगों का सिर कलम करने के भयानक शौकीन हैं"

"Das große Wunder ist, dass überhaupt noch jemand am Leben ist!"

"बड़ा आश्चर्य यह है कि कोई भी जीवित बचा है!"

Sie sah sich nach einem Ausweg um

वह बचने का कोई रास्ता तलाश रही थी

Sie bemerkte eine merkwürdige Erscheinung in der Luft

उसने हवा में एक जिज्ञासु उपस्थिति देखी

»Es ist die Cheshire-Katze,« sagte sie zu sich selbst

"यह चेशायर-बिल्ली है," उसने खुद से कहा

"Jetzt habe ich jemanden, mit dem ich reden kann"

"अब मेरे पास बात करने के लिए कोई होगा"

"Wie geht es dir?" fragte die Katze

"आप कैसे चल रहे हैं?" बिल्ली ने कहा

»Ich glaube nicht, daß sie ganz und gar fair spielen«, sagte Alice

"मुझे नहीं लगता कि वे बिल्कुल भी निष्पक्ष रूप से खेलते हैं," एलिस ने कहा

Und sie hatte einen ziemlich klagenden Ton

और उसके पास एक शिकायत करने वाला स्वर था

"Sie streiten sich alle so fürchterlich"

"वे सभी बहुत भयानक रूप से झगड़ते हैं"

"Man hört sich selbst nicht sprechen"

"कोई खुद को बोलते हुए नहीं सुन सकता"

"Und sie scheinen sich nicht an irgendwelche Regeln zu halten"

"और वे किसी भी नियम से नहीं खेलते हैं"

die Katze stellte Alice mit leiser Stimme eine Frage

बिल्ली ने एलिस से धीमी आवाज में एक सवाल पूछा

"Wie gefällt dir die Königin?"

"आपको रानी कैसी लगी?

»Ich mag sie gar nicht,« sagte Alice

"मैं उसे बिल्कुल पसंद नहीं करता," एलिस ने कहा

Alice dachte, sie könnte genauso gut zurückgehen

एलिस ने सोचा कि वह भी वापस जा सकती है

Sie wollte sehen, wie das Spiel läuft

वह देखना चाहती थी कि खेल कैसा चल रहा है

Sie machte sich auf die Suche nach ihrem Igel

वह अपने हाथी की तलाश में निकल गई

Der Igel war damit beschäftigt, gegen einen anderen Igel zu kämpfen

हेजहोग एक और हेजहोग से लड़ने में व्यस्त था

Das war eine ausgezeichnete Gelegenheit

यह एक उत्कृष्ट अवसर था

Sie konnte einen Igel mit dem anderen krocketen

वह एक हेजहोग को दूसरे के साथ क्रोकेट कर सकती थी

Aber ihr Flamingo war auf der anderen Seite des Gartens

लेकिन उसका राजहंस बगीचे के दूसरी तरफ था

Der Flamingo war ziemlich tollpatschig

राजहंस बल्कि अनाड़ी था

Ihr Flamingo versuchte, gegen einen Baum zu fliegen

उसका राजहंस एक पेड़ में उड़ने की कोशिश कर रहा था

Sie packte den Flamingo am Bein

उसने राजहंस को पैर से पकड़ लिया

Und sie schob sich den Flamingo unter den Arm

और उसने राजहंस को अपनी बांह के नीचे दबा लिया

So konnte der Flamingo nicht mehr entkommen

इस तरह राजहंस फिर से बच नहीं सका

In diesem Augenblick traf Alice zufällig die Herzogin

तभी ऐलिस डचेस से मिलने के लिए हुआ

Die Herzogin war nun aus dem Gefängnis entlassen worden

डचेस अब जेल से बाहर था

Sie schob ihren Arm liebevoll unter Alices Arm

उसने एलिस की बांह के नीचे प्यार से अपना हाथ दबा दिया

Und dann gingen sie zusammen fort

और फिर वे एक साथ चले गए

Alice war sehr froh, sie in so angenehmer Laune zu finden

ऐलिस उसे इस तरह के सुखद स्वभाव में पाकर बहुत खुश थी

Sie erschrak jedoch ein wenig

हालांकि, वह थोड़ा चौंकी थी

Sie hörte die Stimme der Herzogin dicht an ihrem Ohr

उसने अपने कान के पास डचेस की आवाज सुनी

"Du denkst über etwas nach, meine Liebe"

"आप कुछ सोच रहे हैं, मेरे प्यारे"

"Und das lässt dich das Reden vergessen"

"और इससे आप बात करना भूल जाते हैं"

»Das Spiel geht jetzt etwas besser«, sagte Alice

"खेल अब बेहतर चल रहा है," एलिस ने कहा

Es war eine Möglichkeit, das Gespräch am Laufen zu halten

यह बातचीत को जारी रखने का एक तरीका था

»So ist es,« sagte die Herzogin

"यह वास्तव में ऐसा है," डचेस ने कहा

"Und die Moral davon ist folgende."

"और इसका नैतिक यह है:"

"Es ist die Liebe, die alles macht!"

"यह प्यार है जो यह सब करता है!"

"Liebe ist das, was die Welt bewegt"

"प्यार वह है जो दुनिया को चारों ओर घुमाता है।

Alice hatte eine andere Erklärung

ऐलिस के पास एक और स्पष्टीकरण था

"Das macht jeder, der sich um seine eigenen
Angelegenheiten kümmert!"

"यह हर किसी द्वारा अपने स्वयं के व्यवसाय को ध्यान में
रखते हुए किया जाता है!"

»Ah, gut! Du könntest Recht haben"

"आह, ठीक है! आप सही हो सकते हैं"

»Es bedeutet alles ziemlich dasselbe,« sagte die Herzogin

"यह सब एक ही बात का मतलब है," डचेस ने कहा

und sie grub ihr spitzes kleines Kinn in Alices Schulter

और उसने अपनी तेज छोटी ठोड़ी को एलिस के कंधे में खोदा

"Und die Moral davon ist folgende"

"और उस का नैतिक यह है"

"Kümmere dich um die Sinne"

"इंद्रिय का ख्याल रखना"

"Und dann erledigen sich die Klänge von selbst"

"और फिर आवाज़ें खुद का ख्याल रखेंगी"

Aber dann fing der Arm der Herzogin an zu zittern

लेकिन फिर डचेस का हाथ कांपने लगा

Alice blickte auf und da stand die Königin

एलिस ने ऊपर देखा और वहाँ रानी खड़ी थी

Die Königin hatte die Arme verschränkt

रानी ने अपनी बाहें जोड़ ली थीं

Und sie runzelte die Stirn wie ein Gewitter!

और वह आंधी की तरह त्योरियां चढ़ा रही थी!

»Ich warne dich!« schrie die Königin

"मैं आपको उचित चेतावनी देता हूं," रानी चिल्लाई

Und sie stampfte auf den Boden, während sie sprach

और बोलते-बोलते वह जमीन पर पटक गई

"Entweder dein Kopf oder ihr Kopf muss ausgeschaltet sein"

"या तो आपका सिर या उसका सिर बंद होना चाहिए"

"Treffen Sie Ihre Wahl!"

"अपनी पसंद ले लो!"

"Und beeilen Sie sich"

"और इसके बारे में जल्दी करो"

Die Herzogin traf ihre Wahl

डचेस ने अपनी पसंद बनाई

und in einem Augenblick war die Herzogin verschwunden

और एक पल के भीतर डचेस चला गया था

Da sprach die Königin zu Alice

तब रानी ने एलिस से बात की

"Weiter geht's mit dem Spiel"

"चलो खेल के साथ चलते हैं"

Alice war zu erschrocken, um ein Wort zu sagen

ऐलिस एक शब्द कहने के लिए बहुत डर गई थी

und langsam folgte sie ihrem Rücken zum Krocketplatz

और वह धीरे-धीरे क्रोकेट-ग्राउंड में वापस चली गई

Die ganze Zeit stritt sich die Dame mit den anderen Spielern

पूरे समय रानी अन्य खिलाड़ियों के साथ झगड़ती रही

»Hacken Sie ihm den Kopf ab!«

"उसका सिर काट दो!"

"Hack ihr den Kopf ab!"

"उसका सिर काट दो!"

"Hackt ihnen alle Köpfe ab!"
"उनके सभी सिर काट दो!"
Bald waren alle Spieler in Gewahrsam
जल्द ही सभी खिलाड़ी हिरासत में थे
nur der König, die Königin und Alice blieben zurück
केवल राजा, रानी और ऐलिस बने रहे
Da ging die Königin, ganz außer Atem
फिर रानी चली गई, सांस से काफी बाहर
und sie ging mit Alice fort
और वह ऐलिस के साथ चली गई
Alice hörte, wie der König leise etwas sagte
अलाइस ने राजा को चुपचाप कुछ कहते सुना
"Ihr seid alle begnadigt"
"आप सभी क्षमा कर रहे हैं"
aber plötzlich hörte man einen neuen Schrei
लेकिन अचानक एक और चीख सुनाई दी
"Der Prozess beginnt!"
"परीक्षण शुरू हो रहा है!"
und Alice lief mit den andern
और ऐलिस दूसरों के साथ भाग गई

Wer hat die Torten gestohlen?
टार्ट्स किसने चुराए?

Der Herzkönig und die Herzkönigin saßen
दिलों के राजा और रानी बैठे थे

sie saßen auf ihrem Thron, als Alice ankam
जब ऐलिस पहुंची तो वे अपने सिंहासन पर थे

Eine große Menschenmenge war um sie herum versammelt
उनके चारों ओर भारी भीड़ जमा थी

Es gab allerlei kleine Vögel und Bestien
वहाँ हर तरह के छोटे-छोटे पक्षी और जानवर थे

Und da war das ganze Kartenspiel
और ताश के पत्तों का पूरा पैक था

Der Spitzbube stand in Ketten vor ihnen
घुंडी उनके सामने जंजीरों में जकड़ी खड़ी थी

und auf jeder Seite war ein Soldat, der ihn bewachte
और उसकी रक्षा के लिए हर तरफ एक सैनिक था

in der Nähe des Königs war das weiße Kaninchen
राजा के पास सफेद खरगोश था

Er hatte eine Trompete in der einen Hand
उसके एक हाथ में तुरही थी

Und in der andern Hand hielt er eine Pergamentrolle
और उसके दूसरे हाथ में चर्मपत्र का एक स्क्रॉल था

In der Mitte des Platzes stand ein Tisch
कोर्ट के बिल्कुल बीच में एक टेबल थी

Auf dem Tisch stand eine große Schüssel mit Torten
मेज पर तीखे तीखे का एक बड़ा व्यंजन था

"Ich wünschte, sie würden den Prozess zu Ende bringen",
dachte Alice
"मेरी इच्छा है कि वे परीक्षण पूरा कर लें," ऐलिस ने सोचा

"Dann könnten wir etwas von diesen Erfrischungen essen!"
"तब हम उन जलपान में से कुछ खा सकते थे!"

Der Richter war übrigens der König

न्यायाधीश, वैसे, राजा था

und er trug seine Krone über seiner großen Perücke

और उसने अपने महान विग के ऊपर अपना मुकुट पहना था

»Das ist die Loge der Geschworenen!« dachte Alice

"यह जूरी-बॉक्स है," एलिस ने सोचा

"Und diese zwölf Geschöpfe, ich nehme an, sie sind die Geschworenen"

"और वे बारह प्राणी, मुझे लगता है कि वे जूरी सदस्य हैं"

einige waren Tiere, andere waren Vögel

कुछ जानवर थे, और कुछ पक्षी थे

In diesem Augenblick schrie das weiße Kaninchen auf

तभी सफेद खरगोश चिल्ला उठा

"Schweigen im Gericht!"

"अदालत में चुप्पी!"

»Herold, lesen Sie die Anklage!« sagte der König

"हेराल्ड, आरोप पढ़ो!" राजा ने कहा

Das weiße Kaninchen blies drei Stöße auf die Trompete

सफेद खरगोश ने तुरही पर तीन धमाके किए

dann entrollte er die Pergamentrolle

फिर उसने चर्मपत्र-स्क्रॉल को खोल दिया

Und er las folgendes:

और उन्होंने इस प्रकार पढ़ा:

"Die Königin der Herzen, sie hat ein paar Torten gebacken."

"दिलों की रानी, उसने कुछ टार्ट्स बनाए,"

"All das tat sie an einem Sommertag"

"यह सब उसने गर्मी के दिन किया"

"Der Schurke der Herzen, er hat diese Torten gestohlen"

"दिलों की घुंघराहट, उराने उन टार्ट्स को चुरा लिया"

"Und er hat diese Torten weit weg gebracht!"

"और वह उन टार्ट्स को बहुत दूर ले गया!"

»Rufen Sie den ersten Zeugen,« sagte der König

"पहले गवाह को बुलाओ," राजा ने कहा

und das weiße Kaninchen blies drei Stöße auf die Trompete

और सफेद खरगोश ने तुरही पर तीन विस्फोट किए

»Bringt den ersten Zeugen!« rief er

"पहले गवाह को लाओ!" उसने पुकारा

Der erste Zeuge war der Hutmacher

पहला गवाह टोपी बनाने वाला था

Er kam mit einer Teetasse in der einen Hand herein

वह एक हाथ में चाय का प्याला लेकर अंदर आया

Und in der anderen Hand hatte er ein Stück Brot und Butter

और उसके दूसरे हाथ में रोटी और मक्खन का एक टुकड़ा था

»Du hättest fertig sein sollen,« sagte der König

"तुम्हें समाप्त हो जाना चाहिए था," राजा ने कहा

"Wann hast du angefangen?"

"आपने कब शुरू किया?"

Der Hutmacher schaute sich den Märzhasen an

टोपी बनाने वाले ने मार्च खरगोश की ओर देखा

Der Märzhase war ihm in den Hof gefolgt

मार्च खरगोश उसके पीछे-पीछे दरबार में आ गया था

Er war Arm in Arm mit dem Siebenschläfer gegangen

वह डोरमाउस के साथ हाथ में हाथ चला गया था

»Ich glaube, es war der vierzehnte März«, sagte er

"चौदह मार्च, मुझे लगता है कि यह था," उन्होंने कहा

»Geben Sie Ihre Aussage,« sagte der König

"अपने सबूत दो," राजा ने कहा

"Und sei nicht nervös, sonst lasse ich dich auf der Stelle hinrichten"

"और घबराओ मत, या मैं तुम्हें मौके पर ही मार डालूंगा"

Das schien den Zeugen überhaupt nicht zu ermutigen

यह गवाह को बिल्कुल भी प्रोत्साहित नहीं करता था

Er rutschte immer wieder von einem Fuß auf den anderen

वह एक पैर से दूसरे पैर पर शिफ्ट होता रहा

und er sah die Königin unruhig an

और उसने बेचैनी से रानी की ओर देखा

und in seiner Verwirrung biß er ein großes Stück aus seiner Teetasse

और, अपने भ्रम में, उसने अपनी चाय के प्याले से एक बड़ा टुकड़ा काट लिया

Eigentlich wollte er von seinem Brot und seiner Butter beißen

वास्तव में वह अपनी रोटी और मक्खन से काटने का मतलब था

In diesem Augenblick fühlte Alice eine sehr merkwürdige Empfindung

बस इस समय ऐलिस को एक बहुत ही उत्सुक सनसनी महसूस हुई

Sie fing an, wieder größer zu werden

वह फिर से बड़ी होने लगी थी

Der unglückliche Hutmacher ließ seine Teetasse fallen

दुखी टोपी निर्माता ने अपनी चाय का प्याला गिरा दिया

und das Brot und die Butter fielen zu Boden

और रोटी और मक्खन भूमि पर गिर पड़ा

und er fiel auf die Knie

और वह एक घुटने पर बैठ गया

»Ich bin ein armer Mann, Eure Majestät,« begann er

"मैं एक गरीब आदमी हूँ, महाराज," उन्होंने शुरू किया

»Du bist ein sehr schlechter Redner,« sagte der König

"तुम बहुत गरीब वक्ता हो," राजा ने कहा

»Du darfst gehen,« sagte der König

"आप जा सकते हैं," राजा ने कहा

und der Hutmacher verließ eilig den Hof

और टोपी बनाने वाला जल्दी से अदालत से बाहर चला गया

»Rufen Sie den nächsten Zeugen her!« sagte der König

"अगले गवाह को बुलाओ!" राजा ने कहा

Der nächste Zeuge war die Köchin der Herzogin

अगला गवाह डचेस का रसोइया था

Sie trug die Pfefferdose in der Hand

उसने काली मिर्च का डिब्बा अपने हाथ में ले रखा था

Und die Leute in der Nähe der Tür fingen auf einmal an zu niesen

और दरवाजे के पास के लोग एक ही बार में छींकने लगे

»Geben Sie Ihre Aussage,« sagte der König

"अपने सबूत दो," राजा ने कहा

»Ich will nichts beweisen,« sagte die Köchin

"मैं कोई सबूत नहीं दूंगा," रसोइया ने कहा

Der König sah das weiße Kaninchen ängstlich an

राजा ने उत्सुकता से सफेद खरगोश की ओर देखा

Und das weiße Kaninchen sprach mit leiser Stimme

और सफेद खरगोश शांत आवाज में बोला

"Eure Majestät müssen diesen Zeugen ins Kreuzverhör nehmen"

"महामहिम को इस गवाह से जिरह करनी चाहिए"

»Nun, wenn ich muß, so muß ich,« sagte der König

"ठीक है, अगर मुझे चाहिए, तो मुझे करना चाहिए," राजा ने कहा

"Woraus bestehen Torten?"

"टार्ट किससे बने होते हैं?"

»Torten werden meistens aus Pfeffer gemacht«, sagte die Köchin

"टार्ट काली मिर्च से बने होते हैं, ज्यादातर," रसोइया ने कहा

Einige Minuten lang war der ganze Hof in Verwirrung

कुछ मिनटों के लिए पूरा दरबार असमंजस में रहा

Schließlich ließen sie sich alle wieder nieder

अंततः वे सभी फिर से बस गए

Aber da war die Köchin schon verschwunden

लेकिन तब तक रसोइया गायब हो चुका था

»Macht nichts!« sagte der König

"कोई बात नहीं!" राजा ने कहा

"Rufen Sie den nächsten Zeugen in den Zeugenstand"

"अगले गवाह को स्टैंड पर बुलाओ"

Alice beobachtete das weiße Kaninchen, wie es an der Liste herumfummelte

ऐलिस ने सफेद खरगोश को देखा क्योंकि वह सूची पर लड़खड़ा रहा था

Sie können sich vorstellen, wie überrascht sie war, als sie das hörte, was sie als nächstes hörte

आप उसके आश्चर्य की कल्पना कर सकते हैं कि उसने आगे क्या सुना

Mit lauter schriller kleiner Stimme rief er den Namen »Alice!«

अपनी तीखी छोटी आवाज़ के शीर्ष पर, उन्होंने "ऐलिस!" नाम कहा।

Alices Beweise
ऐलिस के सबूत

»Hier!« rief Alice

"यहाँ!" अलाइस चिल्लाया

Sie sprang in großer Eile auf

वह बड़ी जल्दी में उछल पड़ी

und sie kippte die Geschworenenloge um

और उसने जूरी-बॉक्स पर टिप दी

und sie warf alle Geschworenen um

और उसने सभी जूरीमेन को खटखटाया

und sie fielen auf die Köpfe der Menge unten

और वे नीचे भीड़ के सिर पर गिर गए

Alice war in großer Bestürzung

ऐलिस बहुत निराशा में थी

»Oh, ich bitte um Verzeihung!« rief sie aus

"ओह, मैं आपसे क्षमा माँगता हूँ!" उसने कहा

»Der Prozeß kann nicht fortgesetzt werden,« sagte der König

"मुकदमा आगे नहीं बढ़ सकता," राजा ने कहा

"Die Geschworenen müssen wieder an ihre angestammten
Plätze zurückkehren"

"जूरीमैन को अपने उचित स्थानों पर वापस जाना चाहिए"

Er wiederholte den Befehl mit großem Nachdruck

उन्होंने आदेश को बड़े जोर से दोहराया

und er sah Alice streng an

और उसने एलिस को सख्ती से देखा

"Was weißt du über diese Ereignisse?" fragte der König
Alice

"आप इन घटनाओं के बारे में क्या जानते हैं?" राजा ने एलिस
से पूछा

»Ich weiß nichts von der Sache,« sagte Alice

"मैं इस विषय पर कुछ नहीं जानता," एलिस ने कहा

Dann las der König aus seinem Buch vor
राजा ने फिर अपनी पुस्तक से पढ़ा
"Regel zweiundvierzig"
"नियम बयालीस"
"Alle Personen, die mehr als eine Meile hoch sind, sollen
das Gericht verlassen"
"एक मील से अधिक ऊंचे सभी व्यक्तियों को अदालत छोड़ना
है"
»Ich bin keine Meile hoch,« sagte Alice
"मैं एक मील ऊंचा नहीं हूं," एलिस ने कहा
»Fast zwei Meilen hoch,« sagte die Königin
"लगभग दो मील ऊँचा," रानी ने कहा

»Nun, ich weigere mich zu gehen,« sagte Alice
"ठीक है, मैं जाने से इनकार करता हूं," एलिस ने कहा
Der König erbleichte
राजा पीला पड़ गया
und er schloß hastig sein Notizbuch

और उसने जल्दी से अपनी नोट-बुक बंद कर दी
»Überlegen Sie sich Ihr Urteil«, sagte er zu den Geschworenen
"अपने फैसले पर विचार करें," उन्होंने जूरी से कहा
Er sprach mit leiser, zitternder Stimme
" वह धीमी, कांपती आवाज में बोला
Da sprach das weiße Kaninchen
तभी सफेद खरगोश बोला
"Es werden noch mehr Beweise kommen"
"अभी और सबूत आने बाकी हैं"
und er sprang in großer Eile auf
और वह बड़ी जल्दी में उछल पड़ा
"Dieses Papier wurde gerade abgeholt"
"यह पेपर अभी उठाया गया है"
"Es scheint ein Brief des Gefangenen zu sein"
"यह कैदी द्वारा लिखा गया एक पत्र लगता है"
Er faltete das Papier auseinander, während er sprach
बोलते-बोलते उसने कागज खोल दिया
"Es ist doch kein Brief"
"यह एक पत्र नहीं है, सब के बाद"
"Was es war, war eine Reihe von Versen"
"यह क्या था छंदों का एक सेट था"
»Bitte, Eure Majestät,« sagte der Spitzbube
"कृपया, महाराज," गुत्थी ने कहा
"Ich habe diese Verse nicht geschrieben"
"ये पद मैंने नहीं लिखे"
"und sie können nicht beweisen, dass ich etwas geschrieben habe"
"और वे साबित नहीं कर सकते कि मैंने कुछ भी लिखा है"
"Am Ende ist kein Name unterschrieben"
"अंत में कोई नाम हस्ताक्षरित नहीं है"

Der König sprach mit dem Spitzbuben
राजा ने गुत्थी से बात की
"Du musst vorgehabt haben, Unheil anzurichten"
"आप कुछ शरारत करने के लिए चाहते होंगे"
"Sonst hättest du wie ein ehrlicher Mann unterschrieben"
"वरना आप एक ईमानदार आदमी की तरह अपने नाम पर
हस्ताक्षर करते"
Es gab ein allgemeines Händeklatschen
हाथों की सामान्य ताली बज रही थी
Und der König wandte sich an das weiße Kaninchen
और राजा सफेद खरगोश की ओर मुड़ा
»Lest die Verse!« befahl er.
"छंद पढ़ो," उन्होंने आदेश दिया
Es herrschte Totenstille im Gerichtssaal
दरबार में सन्नाटा पसरा हुआ था
und das weiße Kaninchen las die Verse vor
और सफेद खरगोश ने छंद पढ़े
Sie sagten mir, du wärst bei ihr gewesen
उन्होंने मुझे बताया कि आप उसके पास गए थे
Und sie erwähnten mich ihm gegenüber
और उन्होंने उससे मेरा जिक्र किया
Sie gab mir einen guten Charakter
उसने मुझे एक अच्छा किरदार दिया
Aber sie sagte, ich könne nicht schwimmen
लेकिन उसने कहा कि मुझे तैरना नहीं आता
Er ließ ihnen wissen, dass ich nicht gegangen sei
उसने उन्हें शब्द भेजा कि मैं नहीं गया था
Wir wissen, dass es wahr ist
हम जानते हैं कि यह सच है
Wenn sie die Sache vorantreiben sollte, was würde aus dir
werden?

अगर वह इस मामले को आगे बढ़ाए, तो आपका क्या होगा?

Ich gab ihr einen, sie gaben ihm zwei

मैंने उसे एक दिया, उन्होंने उसे दो दिए

Du hast uns drei oder mehr gegeben

आपने हमें तीन या अधिक दिए हैं

Sie sind alle von ihm zu dir zurückgekehrt

वे सब उसके पास से तुम्हारे पास लौट आए

obwohl sie vorher meine waren

हालांकि वे पहले मेरे थे

Wenn ich oder sie die Chance haben sollte,

अगर मुझे या उसे मौका मिलना चाहिए

Wenn ich oder sie in diese Affäre verwickelt wäre

अगर मैं या वह इस चक्कर में शामिल थे

Er vertraut auf dich, dass du sie befreien wirst

वह उन्हें मुक्त करने के लिए आप पर भरोसा करता है

Genau so wie wir waren

बिल्कुल वैसे ही जैसे हम थे

Ich hatte den Eindruck, dass Sie

मेरी धारणा यह थी कि आप थे

Bevor sie diesen Anfall hatte

इससे पहले कि वह यह फिट था

Ein Hindernis, das dazwischen kam

एक बाधा जो बीच में आई

Er und wir und es

उसे, और खुद को, और यह

Lass ihn nicht wissen, dass sie ihr am besten gefallen haben

उसे पता न चले कि वह उन्हें सबसे ज्यादा पसंद करती है

Denn dies muss für immer ein Geheimnis bleiben, das vor
allen anderen verborgen bleibt

इसके लिए हमेशा के लिए एक रहस्य होना चाहिए, बाकी सभी
से रखा जाना चाहिए

Dieses Geheimnis muss ein Geheimnis zwischen dir und mir bleiben

यह रहस्य आपके और मेरे बीच एक रहस्य रहना चाहिए

Der König war sehr beeindruckt

राजा बहुत प्रभावित हुआ

"Das ist das wichtigste Beweisstück, das wir bisher gehört haben"

"यह सबूत का सबसे महत्वपूर्ण टुकड़ा है जिसे हमने अभी तक सुना है"

»Ich glaube nicht, daß diese Verse auch nur ein Atom Bedeutung haben,« wandte Alice ein

"मुझे विश्वास नहीं है कि उन छंदों में अर्थ का परमाणु होता है," एलिस ने आपत्ति जताई

der König hatte seine eigene Meinung zu dieser Angelegenheit

इस मामले में राजा की अपनी राय थी

"Wenn diese Worte keinen Sinn haben, erspart das eine Menge Ärger"

"अगर उन शब्दों में कोई अर्थ नहीं है, तो यह मुसीबत की दुनिया को बचाता है"

"Dann brauchen wir nicht zu versuchen, den Sinn zu finden"

"तो फिर हमें अर्थ खोजने की कोशिश करने की आवश्यकता नहीं है"

"Lassen Sie die Geschworenen über ihr Urteil nachdenken"

"जूरी को अपने फैसले पर विचार करने दें"

»Nein, nein!« sagte die Königin

"नहीं, नहीं!" रानी ने कहा

"Erst die Verurteilung, dann das Urteil"

"सजा पहले-फैसला बाद में"

"Zeug und Unsinn!" sagte Alice laut

"सामान और बकवास!" अलाइस ने जोर से कहा
"Wie dumm ist es, den Angeklagten zuerst zu verurteilen!"
"प्रतिवादी को पहले सजा देना कितना मूर्खतापूर्ण है!"

»Schweige!« sagte die Königin und färbte sich violett an
"अपनी जीभ पकड़ो!" रानी ने बैंगनी रंग बदलते हुए कहा
"Ich werde nicht den Mund halten!" sagte Alice
"मैं अपनी जीभ नहीं पकड़ूंगा!" एलिस ने कहा
schrie die Königin aus voller Kehle
रानी अपनी आवाज के शीर्ष पर चिल्लाया
"Hack ihr den Kopf ab!"
"उसका सिर काट दो!"
Niemand machte eine Bewegung
किसी ने आंदोलन नहीं किया
"Wen kümmert es, was du sagst?" sagte Alice
"कौन परवाह करता है कि आप क्या कहते हैं?" एलिस ने कहा
Zu diesem Zeitpunkt war sie bereits zu ihrer vollen Größe

herangewachsen

वह इस समय तक अपने पूर्ण आकार में बढ़ गई थी

"Du bist nichts als ein Kartenspiel!"

"तुम ताश के पत्तों के अलावा और कुछ नहीं हो!"

Bei diesen Worten hoben sich alle Karten in die Luft

इस पर सभी पत्ते हवा में उठ खड़े हुए

und alle Karten flogen auf sie herab

और सभी कार्ड उस पर उड़ते हुए आए

Sie stieß einen kleinen Schrei aus

उसने एक हल्की सी चीख दी

Sie war halb erschrocken, aber auch wütend

वह आधी डरी हुई थी, लेकिन गुस्से में भी थी

Und sie versuchte, sich gegen die Karten zu wehren

और उसने खुद से कार्ड लड़ने की कोशिश की

Und dann fand sie sich auf der Grasbank liegend

और फिर उसने खुद को घास के किनारे पर पड़ा पाया

Ihr Kopf lag im Schoß ihrer Schwester

उसका सिर उसकी बहन की गोद में था

Einige abgestorbene Blätter waren auf ihrem Gesicht gelandet

कुछ मरे हुए पत्ते उसके चेहरे पर उतर आए थे

und ihre Schwester wischte vorsichtig die Blätter weg

और उसकी बहन धीरे से पत्तियों को झाड़ रही थी

»Wach auf, liebe Alice!« sagte die Schwester

"जागो, ऐलिस प्रिय!" उसकी बहन ने कहा

"Was für einen langen Schlaf hast du gehabt!"

"कितनी लंबी नींद ली है तुम्हारी!"

"Oh, ich habe so einen merkwürdigen Traum gehabt!" sagte Alice

"ओह, मैंने ऐसा उत्सुक सपना देखा है!" एलिस ने कहा

Und sie erzählte ihrer Schwester alles, woran sie sich erinnern konnte

और उसने अपनी बहन को वह सब बताया जो वह याद कर सकती थी

all die seltsamen Abenteuer, von denen Sie gerade gelesen haben

सभी अजीब रोमांच जिनके बारे में आप अभी पढ़ रहे हैं

Alice stand auf und rannte davon

एलिस उठी और भाग गई

Und während sie lief, dachte sie an ihren Traum

और उसने सोचा, जबकि वह दौड़ती थी, अपने सपने के बारे में

"Was für ein wunderbarer Traum das gewesen war!"

"क्या एक अद्भुत सपना यह किया गया था!"

www.ingramcontent.com/pod-product-compliance
Lightning Source LLC
Chambersburg PA
CBHW011043190726
48290CB00011B/2978